藤井貞和

非戦へ

物語平和論

水平線

修羅道のひとびとが終始たたかい、あらそう。戦闘死の老武者、若武者がよみがえり、苦患《くげん》をうったえて、ふたたび亡霊たちの世界へ還ってゆく。演劇に舞台が真に必要とされる理由として、亡霊に居所《きょしょ》を与えるという段取りがあるのではなかろうか。そのように私は本書のどこかに書いた。

亡霊に与《くみ》すること。亡霊を文法化するしごと。かれらの悪意を正確に伝えるしごとがまだ私にはのこっていたらしい。『湾岸戦争論』（一九九四）のあとを、『言葉と戦争』（二〇〇七）のあとを、そして『水素よ、炉心露出の詩』（二〇一三）のあとを、本書『非戦へ』は、なおも書き綴ることにした。

本書では、戦争の起源を、そのさいごの正体を、何に尋ねればよいかについて考えた。かれらはわずかな片頬の笑《え》まいとともに、ざわざわと立ち上がり、いなくなる。〝非戦的人権〟というようにかれらのあとをまとめることにする。

学生のころ、東京から夜行列車を乗り継いで長崎へ敬虔な思いで訪ねたことがある。このたび、発行地が長崎になることで、本書が真の仕上げに向かっていると感じる。研究会のなかまであり、『言葉と戦争』『水素よ、炉心露出の詩』をともに作成し、いま長崎にある、西浩孝氏の編集組織である水平線に、この『非戦へ』は作ってもらおう。

（二〇一八・八）

非戦へ　目次

非戦へ

物語平和論

平和について考えました／平和

1　平和について考えました

書こうとして、なぜ消える、
わたしの詩、昭和三十年の初夏。
思い出そうとして、消える、
あなたの声――今日もあしたも。
詩集から、文字が消える、
とりのかげのように。
鉱物採集は失敗したみたい、
それでも帰って来ました、はやぶさ。
マングローブの林で、
こんやだけ咲く、サガリバナ。
古語で「かなしい」と口ずさむと、

悲しくなります、中学生。

〈教育実習の先生〈男性〉が、聞き取れない発音で口ごもりながら、熱心に組み立てていた授業を、中学生の私は、何度も何度もぶちこわした。二週間がたって、実習期間のさいごの日、先生はみなに別れのあいさつをして、広島での被爆が、片頬から半面にかけて大きなケロイドをのこしていること、そのために発音がうまくできなかったことを詫び、それから私のほうを向いて、「フジイくん、好きだよ」と、一言。なぜその先生は実習の始まる最初に体験を言わなかったのだろう。実習期間のさなかに、どうして言ってくれなかったのか。〉

2　平和

ドームのしたには、原爆部落
（と言いました）がひろがり、
石川孝子（女教師）は、
教え子のゆくえをひとりひとり、
尋ねて回る。
ある子どもは粗末な墓碑の下に眠る。
特撮は、
爆風に蹴散らかされる廃市を、
スクリーンに映じる。
小学生たちが、みんなで泣きながら、
手をつなぎ、
映画館から出てくると、
なぜかきょうは平成二十二年四月二十五日です。

新藤兼人さんはいまも言いつづけているそうです。この映画を見たら、だれもが原爆を持つまい、作るまいと、心に誓うはずだ、と。一九五二年〈昭和二十七年〉、小学生たちは新作の『原爆の子』を見に、連れられて行ったのです。乙羽信子の女先生が、数年ぶりに広島を訪れます。岩吉爺さん（滝沢修）の手から孫の男の子を彼女は奪い取るようにして、島へ連れ帰ります。というように、小学生たちには見えました。映画館を出て、私たちは誓います、「原爆ゆるすまじ」と。「ほんとうに平和だったとき。もうぜったいに戦争はないんだと、蒼空が沁みてならなかったとき。そう、昭和二十年代の、前半だったかな」と、井上ひさしさん〈哀悼します、井上さんほんとうにたいへんでした、お休みください〉。きょうはろうそくの火を両手に、人文字を作りにいま私は来ています。「NO BASE OKINAWA」、東京・明治公園から。）

メモへメモから

「小生のふるさと、心平さんのふるさと」、
「詩人の仕事は何なのか」。
深澤さんの引用を含み、
「書きかけの作品がとまってしまった」、
「書くことが悪いことに思えてきたから」、
「詩にならない詩」、
「免罪符になど到底ならない」と、
そう書いて、
古典短歌を置く蛯原さん。「魂や　草むらごとに
かよふらん　野辺のまにまに
鳴く声ぞ　する」。すると物語から、
立ち上がる兵部卿宮。草むらがどんなに悲しい
物語に濡れても、と思いながら、
秋の虫たちは涸れて、編集後記のなかで、

鳴いています、鈴虫。
すべてのページで鳴いています。
「四万五千の人びとが二時間のあいだに消えた
サッカーゲームが終わって競技場から
立ち去ったのではない
人びとの暮らしがひとつの都市からそっくり
消えたのだ」と書いたのは若松さん。
この詩のさいごに、
自分たちの街、原町（南相馬市）が
「神隠し」に遭うのもまたきょうのことか、と。
浪江町の一基地建設が決定したとき、
それから三十年間、舛倉さんは、
反対者の共有地として登記することで
抵抗しぬいた、と。　何人、いったい何人の詩人が
反対しながら亡くなっていったか。　特集は、
「美しい自然と精神の継承を信じて」、と。
島尾さんに、埴谷さんに
霊前報告できる人はいなくて。
「ぼくの地方では

せんそうのような有様で
じつにしずかに放射能がはびこっている
そしてその放射能さえ上書き更新されて
いつも新しい」と高坂さん。
「新しいこと」は上書き更新されて、
書き込まれる。「静かな夜です」と和合さん。
つばめたちには古巣が見つからず、かなへびは
石垣のおくからもう出てこない。漂流する大地との別れ、
未来の水路はどこ、と内池さんは書く。
メロスのように人を走らせる方法だってあったでしょう、とみうらさん。
私は一匹の、と松棠さんが、小さな雪虫になって眠ります。
うましあしかびひこぢの神が、
ツイッターのなかから声になってやってくる。
「無味無臭無色で降ってくる怒り」(五十嵐さん)
五月にブルガリアで、タクシーの運転手が、
降りようとしている私どもに小さな声で、
心配そうにひと言、「フ、ク、シ、マ」。

チェーン　9・11のあとから

抑止切れ、
たったいま、
威《い》嚇《かく》の音！
国家の火が燃え！
否《ノオ》の、報復？
非《ひ》違《い》か、
しいて一つ、
共存せず、
決せよ、敵か、
という、この、
創《そう》痍《い》にねむる、
魔は、
いじわるな開始だ。
理屈か、

愛で、
メールの、
糸と、
祈る絵！
メディアか、つくりだし、
いかなる輪、
示威《じい》！
はまる胸に言う、その、
行為と、
書き手！
よせつけず、
戦争よ、きっと、
否定し、回避！
工夫！
ほのおの、
絵もが、
火の括弧《かっこ》！
遠のくか、
いま至った歴史、

苦よ！（十月八日）

＊回文詩

I

戦争から憲法へ

一

古典文学と戦争

――きみは『湾岸戦争論――詩と現代』（一九九四・三、河出書房新社）と、それから『言葉と戦争』（二〇〇七・一一、大月書店）を書いて、言うべきことをまだのこしているのだな。『水素よ、炉心露出の詩――三月十一日のために』（二〇一三・七、同）にしても、日本の〈原発〉（原子力発電）に対する、ある種の戦争の記録だった。

――『言葉と戦争』を書いて、われわれに〈戦争学〉がまだないことにようやく気づいた。

作家の辺見庸が、世の中の死刑について、古来人類が死刑をやめられず、いまなお延々と死刑が行われている事実について、〈死刑学、未《いま》だし〉（死刑学のないことが課題だ）と言明している。

ええっ、と思うかもしれない。たしかに死刑論（死刑に対する議論）は多々あっても、言うならば人類学的な、死刑を原理的に考察する意見というのはないよな。

それにおなじで〈戦争学、いまだ存在せず〉と気づいた。

――〈戦争の本性〉が原理的に、人類学的に分かってしまうと、それでも戦争をつづけますか、という理屈になるのかな。そうは簡単に行くまい。

それに、きみは文学の徒、むかしふうに言えば文人《ぶんじん》だ。古代からせいぜい、現代の日本文学までをあらあら見通せる程度で、特に古典文学をあいてにするのがご稼業では何ができる。戦争論のプロや、世界の叙事詩（戦争文学だ）の研究家は世にいっぱいいるというのに。

——そうだよな。でも、歴史学や社会学が戦争に向き合うことは当然として、文学および文学研究もまた戦争に向き合ってきた。

文学のなかに戦争はあふれ返っているから、『古事記』研究だろうと、『平家物語』であろうと、『太平記』もまた、人類悪をあいてとする論調でならば、戦争に向き合わない人はいない。それらの研究を貴重な成果だと評価することにやぶさかでありたくない。

——『古事記』あるいは『日本書紀』『万葉集』、風土記類などからして、書かれた文献が最初から戦争をあふれさせている。八《や》はしらの雷神に千五百の黄泉軍《よもついくさ》を副《そ》えて、伊邪那岐《いざなき》を追いかけてくる（『古事記』上）。

速須佐之男《はやすさのお》と天照大御神（女神）との争いでは、武器を持ち軍装をととのえて対峙するので、戦争状態と見なしてよい。

大穴牟遅神《おおなむち》（大国主神）は大刀と弓とをもって八十神を追い伏せ、追い撥《はら》って国を作る。

その大国主神の国（出雲《いずも》地方とも、葦原中国とも）を平定するために、建御雷神《たけみかづち》を派遣する。軍神にほかならない。

大国主神の子、建御名方神《たけみなかた》は諏訪湖のほとりにまで追いつめられて恭順する（ある段階の諏訪神社の祭神となる）。ついに天孫降臨（天皇家の祖先が地上に降りてくる）があり、伊勢の猨田毗古神《さるたびこ》は海に沈み、火遠理《ほおり》は海神の力を借りて兄の火照《ほでり》を制圧し、火照は隼人《はやと》の祖となる。

何百年かののち、神倭《かむやまとい》伊波礼毘古《はれびこ》（神武天皇《じんむ》）が東征の旅に出立する（『古事記』中）。

――えらく蕪雑なまとめ方だな。たしかに『古事記』の上巻は大和《やまと》勢力が出雲地方を制圧する戦争状態を大きな盛り上がりとし、天孫降臨というのもまあ戦争状態で、それは中巻に至り、いくつもの古代歌謡（『日本書紀』に来目《くめ》歌と称する）をまといつつ、神武の一行が（軍隊である）、戦死者を出しながら大和平野を支配するまで、東征譚《たん》（譚は物語の意）と言われるように、戦争文学と言うほかはない。来目歌は久米部に由来する歌謡で、久米は大伴とともに軍事の家だ。

以下、脈絡のあまりないいくつかの要点から、戦争、死刑、人身犠牲を尋ねてみよう。戦争と死刑と人身犠牲とは、そんなに厳密に区別してもしょうがない、特に古代では未分化であったに違いない層々関係だから。

文学史に起点はあるか

いきなり話をここから回り道する。できることならば避けたい話題だ。とともに、文学の歴史（―文学史）について、いちばんぼけている始まりの部位で、放置されたままにしてある〈編年〉にかかわってくる。

遠回りとは、二〇〇〇年十一月六日の『毎日新聞』朝刊がスクープし、報道した、東北旧石器文化研究所副理事長による「前期・中期旧石器時代遺跡」の捏造《ねつぞう》についてだ。その男のかかわった

「遺跡」（捏造である）は、北海道から（「秩父《ちちぶ》原人」の）関東地方に至るまで、東北地方を中心に、気の遠くなるほど広範囲だった。

その日、日本考古学界のある中心部位が崩壊したと言ってよいのでは。十数万年まえ、あるいは数十万年まえに「日本」があったかのような、ナショナルな幻想をかき立てるその捏造には、早くから一部若手による果敢な疑義があったと言え、すくなからぬ考古学者たちが無批判に乗っかるという、悲惨な事件だった。

私はそのすこしまえに、頼まれて文学史関係の書の最初の部分の執筆で、旧石器文化では東北地方などに古い遺跡があると、その捏造「遺跡」のいくつかを引用しながら、文学史の起点にはそうした十数万年まえを覗き込むことも、将来、必要になってくるだろうと安易に述べた。縄文《じょうもん》時代ならば、土器に見る図像や、女神とされる土偶、さらには土面、生活具などから、私には文学史との接点を探ることができるから、それはよい。縄文からさかのぼり、旧石器時代にまで文学史がもし這い上がってゆけるのだとすれば、どんなにか愉快なことだろうと思った。「過《あやま》てり、われ」と言うほかはない。

私は考古学の「成果」なるものに添って文学史の起点を考えたことに対し、これ以上ない恥の感覚におそわれ、その書かれた文学史を文字通り引き裂き、投げ捨てた。文学史のみならず、さまざまな文化史の起点について、考古学に首根《くびね》っこを押さえられてある現状が恥じられたものの、すぐには立ち直れない数年だった。

その後、時間をかけて、私の見るところ、文学史には文学史固有の編年があって、それを構想することで歴史や他の文化史と対等に交流できるのではないかと考えていった。むろん、固有の文学史を構想するためには、地道な考古学的成果に足下を照らされながら進むので、結果は似たことになるのだとしても。

ようやくたどりついたのが〈神話紀〉〈昔話《むかしばなし》紀〉〈フルコト紀〉……という区分だ。旧石器時代や、それ以前に、現生人類に至る〈闘争本能〉が十分に支配していたろう。しかし、文学史を構想する手がかりがそこに見つからない以上、保留するというのがいまのところ私の〈結論〉としてある。

ただし、数万年単位での無土器文化に対しては、郷土資料館などを訪れるたびに、きらりと鋭い黒曜石の光沢を見ながら、文学史の夢を捨てきれない悔恨の思いをいまもかき立てられる……

〈神話紀〉から〈昔話紀〉へ

〈神話紀〉はほぼ縄文時代一万年に相当する。この紀についてはすばらしい手がかりがある。新石器時代人がアジア大陸からベーリング海域をつたって新大陸へ移動し、北米のネイティヴ・アメリカン（カナディアン）あるいは中／南米の先住民を形成したとすると、クロード・レヴィ＝ストロース『神話論理』（mythologiques『生のものと火を通したもの』『蜜から灰へ』『食卓作法の起源』『裸の人』、一九六四—七一）の書きとどめる一千話を超える、数千話もとレヴィ＝ストロースその人は言う、かれらの〈神話〉が、その数パーセントでもよい、二、三パーセントでもよい、アジア大陸から持ち越しのそれらではないかと推考される。

そのアジア大陸に寄り添う、一先住民である日本列島の縄文時代人は、蛇や蛙と親しかった。オオサンショウウオもどきの怪物、鳥虫のたぐいを、新大陸にふさわしい小動物その他に置き換えるなどは、新天地での操作の範囲内だろう。豊かな神話内容が縄文時代人の精神的世界として行われていたことをぜひ想像する。火を始めとする起源の神話、自然現象の説明神話、土製の女神たち、漁撈《ぎょろう》と縄文農耕、生育・成年儀礼、人身犠牲のたぐいや葬送の次第、動物たちとの交渉、歌謡の効用など、その豊かさには計り知れないものがあったと思われる。

天空に支配され、集落を形成しながら、婚姻を繰り返していたかれらは、同時に戦争を知っていたろうか。〈闘争本能〉を育ててきた前代はいさ知らず、縄文人が部族間抗争を武器や堡塁に拠りながら戦ったかどうか。

戦争を規定する水準として、一般に部族間抗争を推定することについては、大方の承認を得られるに違いない。異民族間抗争という言い方もできるかもしれない。しかし、これこそは考古学のもたらす成果に待つほかない。かつては縄文時代について、戦争を知らない一万年として特記する考古学もあって、事実、戦争ならばなくて済まされない、集落の環濠施設や防御具のたぐいが縄文遺跡から見つかるかどうか、しかし議論に文学史が安易に乗ることから引くのがいまの立場であり、考古学に頼らないと称する我慢のしどころとしてある。

日本社会の〈神話紀〉を実際に描こうとしても、『神話論理』からの借り入れになるからには、具体化することが無理だとしても、〈〈神話〉につづく〉〈昔話〉ならば無限にと言ってよいほど、多様にこの風土にのこされてあり、われわれの手による分析を待っている。昔話には、瓜子姫《うりこひめ》のような、モチーフを稲作以前とするのがある一方に（陸稲を含む）、田螺聟《たにしむこ》のような、水田耕作をベースとするのもあって、おそらく縄文から弥生《やよい》時代への劃期《かっき》（危機でもある）に大量に必要とされ、生産されたと思われる。『神話論理』ならぬ〈昔話論理〉ならば日本社会から描けるはずで、まだなされていないというに過ぎない。ポスト『神話論理』＝〈昔話論理〉を構想なかばでいまに成し遂げられないとは、研究者ならば無念と嘆じてよいに違いない。違うだろうか。

抗争する〈昔話紀〉

縄文から弥生への劃期は大陸からの水田耕作を携えたひとびとの流入であり、戦争がそこに伴ったことは確実だと思われる。銅鐸《どうたく》が最初から銅鐸のかたちで大陸から移入されるはずはない。必ずや農耕具であるほかに、剣、矛《ほこ》、槍先などのかたち、武器として大量に日本列島にもたらされた。集落は要塞化し、戦士の埋葬を見ることになる。

何よりも西日本を中心に、縄文人から弥生人へ骨格や顔面の変化が見られ、混血の進んだことは弥生時代の一大特徴として知られる。弥生人が縄文人の集落を襲い、女たちを出産要員として確保し、子育てさせたことの結果ではないか。

旧文化の男たちはどうなったか。戦闘その他によって少なからず殺されたろうと推測するしかない。部族間にとどまらない、異民族間抗争と見なすことが可能だろう。

まぼろしの〈昔話論理〉によれば、〈昔話紀〉に大量の〈昔話〉が誕生したと信じられる。時代から時代への劃期に〈昔話〉が大量に行われたとする予測を隠さなくてよい。それらは民間の囲炉《いろ》裏端《りばた》での方言（地域語）による、動物昔話、本格昔話、あるいは笑話であり、二千年以上、三千年近い歳月をへていまに至る。

いまに〈昔々〉〈昔こ〉〈昔語り〉あるいは〈むかし〉と呼ばれ、語り出しは「むかしむかし」「むかしあったとさ」などと始められる、無数の口承説話であり、けっしてこんにちに消滅したなどとは言われない。文学の基層に、あるいは幼児の世界にと言ってもよい、語り継がれて生存する〈昔話〉だ。

猿と蛙の餅競い

とんと昔があってなあ。猿と、あの蛙。ふくんぎぁが、ひさしぶりに出会って。

「あっりゃあ猿さん、ひさしかった」

「やあ、蛙さんひさしかったのう。ほんならいつものして、いつものして食びょか」

って言うでえ、

「うんなあ、お前、七類（＝地名）に餅米買いに行かさい。おらはほんなら、小豆や砂糖買って山の上でつくだけん」

てててってね。そげして山の上で猿と蛙がポッテンポッテンついて、そいで、ついた頃に、今出来あがったなあと思う頃に、猿めがすばしっこいだけんね、そいで臼をコロコロッと山の上からまくってしまってね。そいで猿は一生懸命で臼について下るし、そいから蛙はゴソゴソゴソね、その木にひっついた餅を食べ食べ下ってね。そいから

「猿さん猿さん餅があったたか」

って言ったら、
「いんや、餅はなかったわ」
てって。そしたら蛙が
「ああら、いっぱいこと木にさばっちょったに。おらこげなおなかになったじい」
てって言ってね。そいで、ふくんぎぁはなあ、あぎゃん大きいだようてって。それで猿はすばしっこいだがな、てってね。そげな話をね、それでこっぽりだけんなてって。昔こっぽりだよ、てって聞いております。

（田中瑩一編『島根県八束郡美保関町《みほのせき》昔話集』、一九九七）

猿と蛙とは、昔話でお馴染みの動物（異類）で、ここでは餅をめぐって争うとともに、かれらの性格（蛙のお腹や猿のすばしっこさ）の起源譚となっている。猿と蛙とが爺と婆とに変換されれば、結婚の起源かもしれず、部族間の角逐《かくちく》として見るならば、戦争の起源かもしれない。（美保関町はいま松江市。）

弥生時代といえば、水田を中心とする稲作が持ち込まれて、餅はそれらの非日常的な、祭祀での食料であるなど、昔話には〈田畑〉文化が色濃く見てとれる。さまざまな文明史的起源を語って倦まないと言ってよいだろう。

桃太郎、猿蟹合戦《さるかにかっせん》、カチカチ山など、対立や闘いそのものをモチーフとする語りはそれとして、瓜子姫にしても、蛇婿《へびむこ》入りにしても、鼠浄土《ねずみじょうど》にしても、狐女房にしても、食わず女房にしても、婆《ばば》汁《じる》にしても、異類婚姻や異界訪問のかずかずが、もしかしたらば原始戦争のなれの果てであるというように、われわれは解読の操作を加えつつ、二千年まえ、三千年まえへと遡上するようにと仕向けられる。

人身犠牲の終わり——フルコト紀

小碓《おうす》は答える、「すでにネギました」と。父帝が訊く、「どのようにネギましたか」と。小碓「夜明けにトイレにはいる兄君を、待ち捕らえつかみ批《ひし》いで、その枝（＝手足）を引き闕《か》き、薦《こも》につつんで投げ捨てました」と（『古事記』中、景行天皇条）。

ネグに「ねぎらう」意味と首でもねじ切るみたいな意味とが二重になっているのだろう。

ついで、小碓は熊曾《くまそ》建《たける》二人を取れと命じられ、出かけてゆくと、その家は軍《いくさ》が三重に囲み、「御室楽《おほむむろほかひ》」（新築祝い）の準備の最中である。小碓は近辺に遊行《ゆぎょう》しながら、その日を待つ。童女のすがたになり、室にはいると、二人の熊曾建のあいだに坐り、宴たけなわになって懐より剣を出して熊曾の衣の衿《えり》を取ってその胸から刺し通す。弟建が畏れて逃げ出すのを、室の橋本に追いつめ、剣を尻から刺し通す。弟建が小碓に倭建《やまとたける》御子という名をたてまつるや、御子は熟瓜《ほぞち》のごとく振りたてて弟建を殺す。

倭建御子（小碓）が異母兄を殺すのも、熊曾建二人を殺すのも、古代研究でならば、人身犠牲と一つなのだと見通されてよい。けっして無差別な殺戮でなく、もっともらしい理由をつけた、死体損壊（生体の殺し方）を教えているのだと知られる。人身犠牲（人身《ひとみ》御《ご》供《くう》、人柱《ひとばしら》の供出）と、そんなに別のことではない。戦士ならば殺すということは死刑でもある。戦死する男から見るならば自己犠牲だから、人身犠牲はそれとペアで見るべきで、いずれも虐殺としてある。

動物供犠と一つだったとは有力な意見だとしても、区別してかかる必要がある。人類学的な意識を育てる営みとしてあり、死刑の始まりにもおそらく相当する。

ここでの詳述を避けるにしても、六世紀代が神道《しんとう》祭祀の発生、成長期で、古社に見るそれらが多かれ少なかれ人身犠牲をモチーフとする祭祀であることは、おどろくばかり足並みをそろえていると言える。おそらくそれまでの、実際の人身犠牲を、文字通り犠牲から擬制へ、いわば模倣へと儀礼化していった。そのさなかに「残酷」とする意識もまた成長し、統御されていったのだろう。成長し、統御されるとは「残酷でない」とする意識がかたわらに用意されたはずで、それらの絶妙なバランスによって、古代的な抒情もまた管理されたと思われる。歌謡の誕生だ。

三～六世紀代を〈フルコト紀〉（フルコトは『古事記』の〈古事《ふること》〉や〈旧辞《ふること》〉、『古語拾遺』の〈古語《ふること》〉）としよう。歌謡を巡る伝承があふれている。

来目歌に見る成立事情

来目歌（―久米歌）にとって返す。『日本書紀』（紀）に八編あり、『古事記』（記）に（来目歌と言われていないが）それ相当の歌謡が六編あり、関連してさらに伊須気余理比売《いすけよりひめ》／大久米歌謡が四編ある。ちなみに、出てくる地名は明瞭で、

うだのたかき（高城）　（神風の）いせのうみ　　おさか（のおほむろや）
（たたなめて）いなさのやま

を見いだす。地名に関してならば、記と紀とで異同がない。紀では「えみし」（蝦夷）のいる地方を想到させられるのもある（紀一一歌謡）。
十四編を通して、久米の戦士たちの、戦闘における勇壮さ、苦しみ、知謀、隠忍、版図への欲望など、あるいは鵜飼たちへの援軍の要請など、軍記物としての基本が出そろっている。それに対して、説話に見る〈神武東征〉あるいはその延長であることを直接に知らせる要素は、歌謡の内がわからまったく見つけることができない。

うだのたかきに、しぎわなはる。（宇陀の高城に、鴫の罠を張る。）
わがまつ　や、しぎは―さやらず。（われが待つ、すると鴫はひっかからない。）
いすくはし、くぢらさやる。（いすくはし、鯨がひっかかる。）
……（中略部分、あとに引用する）
ええ〈音引〉　しやごしや　こは―いのごふそ
（ええ、しや吾子《あご》、しや〈この文句は狙いを定める動作だ〉）
ああ〈音引〉　しやごしや　こは―嘲笑《あざわら》ふそ
（ええ、しや吾子、しや〈この文句はあざわらう動作だ〉）

（記九歌謡＝紀七歌謡に相当する）

「たかき」（高城）とは、塀を高くした砦や集落の謂いだとすれば、二世紀代の戦乱時代をふと垣間見させる。「おしぬみの、このたかき」（紀八四歌謡）である角刺《つのさし》の宮が、いまの葛城市忍海《おしみ》あたりとするなら、高台とはちょっと思えない区域なので、高地性集落のようには断定しないのが無難かもしれない。一説に「山上にある一廓の平地で狩場になっている所」とするのは、「城塞と見てこそ、この歌謡の譬喩という論理が生きるのに」ともある。戦闘の場を狩り場に見立てるところに歌謡の眼目があろう。見立てということは本稿で言いたいことでもあり、注意を凝らしたいところだ。

久米歌群は貴重な、（a）最初期の成立事情を覗かせる歌謡群たりえていると言うほかない。地名の広がりは古い何らかの久米のひとびとの移動経路や戦闘エリアを髣髴とさせるのだろうし、それが大和朝廷に従軍しての活躍だったとしても、いま述べたように〈神武東征の一環〉であるとは、内在的な証拠がない。（b）成長時代における保存として、『古事記』などの原型をなすフルコトに取り込まれたとは言ってよいか。さらに、これらの歌は（c）「楽府」における音楽的要素やしぐさ、（久米舞の）採り物、古代からの儀礼的な大笑いをいまにのこしている。

関連して、伊須気余理比売／大久米歌謡が四編、『古事記』では引きつづく。神武による求婚譚に大久米がからむとは不思議だ。このたぐいの説話は歌垣での伝承だったかと、私などはすぐ思ってしまう。伊須気余理比売と大久米との求婚歌謡になっており、そこに「天皇」がからむということだろう。清寧記あたりにおなじようなパターンがあったかと思い出す。久米氏は早く天皇家に供奉し、同盟軍ないし婚姻関係を形成していたにしろ、本来は在地の、または異民族的な（目のまわりに入れ墨をしている）、相対的自立を保っていたようで、伊須気余理比売関連がb段階にあるとしても、遠いことだったろう。

伊須気余理比売は三輪山の神が人間の女に産ませた娘であるから、三輪王朝の説話への連続の相で読めるとすると、史実との関係は今後の議論となる余地がある。史実としての解明も見果てぬ夢に終わらせたくない、これからの期待としてある。『日本書紀』でも、崇神紀で三輪山関係歌へと進むというように、二世紀から三世紀への流れと、神武記紀から崇神記紀への展開とはどう関連づけられるか、古代歌謡論にとってもそのあたりに死命を制せられている。

「遊猟」は戦争の比喩

七世紀後半について、『万葉集』巻一、四五番歌について、見ておきたいことがある。この長歌が、しばしば「遊猟」歌と言われることへの疑問だ。いつから、だれが、これを「遊猟」歌と言い出したのか、確かめられないけれども、いま手元にあるいくつかの注釈書を見ると、そんな説明のように読まれる。原文の漢字表記を生かしながら、書き下してみる。

八隅知《やすみ》し　吾が大王《おほきみ》、高照る　日〔之〕の皇子《みこ》、神ながら、神さびせすと、太敷か為《す》、京《みやこ》を置き〔而〕て、隠口《こもりく》の　泊瀬の山〔者〕は、真木立つ　荒山道を、石根《いはがね》、禁樹《さへき》押し靡《な》べ、坂鳥の朝越え座し〔而〕て、玉限る　夕去り来れ〔者〕ば、み雪落《ふ》る、阿騎《あき》の大野に、旗すすき　しのを押し靡べ、草枕　たびや取りせす。古昔《いにしへ》念ひ〔而〕て

この柿本人麻呂の長歌に〈狩り〉はまったく詠まれていない。このことを見ぬいた一人に中国漢字学の白川静がいた。古来、阿騎野遊猟歌とか、あるいは氏も「阿騎野の冬猟歌」と呼ぶ著名歌であり、たいていの人が、何らかの儀礼歌であることを認め、それは狩猟のときの儀礼歌であるとして疑うこともない。白川もまた狩猟歌であることじたいは認めつつ、狩猟という行為が実態として何ら詠まれていないことの意図を探求する。

私はこの長歌が実態として狩猟を詠み込まない以上、狩猟に伴う長歌だという前提じたいを、白川とともに保留、ないし否定してかかるのが、日本古文に向き合う第一の姿勢でなければならないと考える。だれかが反論して、題にそう書いてあるではないかと言うかもしれない。しかし、題には、

軽皇子《かるのみこ》宿于阿騎野時《あきのにやどりし》、柿本《かきのもと》朝臣《あそん》人麻呂《ひとまろ》作歌

とあるだけで、軽皇子が阿騎野に宿泊するときに柿本人麻呂が作る歌だというに尽きる。あるいはひとは、短歌（反歌に相当する）四九番歌に、

日双《ひなみ》しの皇子《みこ》の命《みこと》の、馬副《うまな》め〔而〕て、御獦立《みかりた》たしし時〔者〕は　来向ふ

とあるのを挙げて、遊猟歌だと主張することだろう。しかし、この短歌こそは軽皇子の父である、ひなみしの皇子（草壁皇子のことだと言う）が「御獦立たしし」、つまり過去にこの野に「狩猟のために来た」ことを詠むのであって、「し」（＝過去）と、わざわざ特定してあるのを無視してはならない。

過去において亡父がここに来たことを「し」と詠むのは、それがたといほんとうに狩猟のときだったとしても、いま軽皇子の場合もそうだという証明に何らなるわけでない。草壁皇子がここで狩りをしたというのは、一種の見立て、比喩表現ではないのか。古代戦争である、壬申の乱（六七二）の際、逃れて大海人《おおあま》皇子（のちの天武《てんむ》）は、即日、吉野の宮から「菟田《うだ》の吾城《あき》」へ向かう。草壁や忍壁《おさかべ》皇子がそれに従っている。

部族間抗争でなく、国家の死命を制する抗争である以上、戦争という名にさらにふさわしい。たとい二つの勢力が争うていどのことであろうと、〈国家の火〉がなかに燃えて人心を制するさまに戦争らしさが生まれる。

この「吾城」こそ阿騎野であろう。ここを過ぎ、甘羅村に至って「猟師」二十人が首長とともに従う。「大野」に来て、日が暮れる。

日が暮れても、夜を徹して一行は伊賀へとたどり進む。

万葉四九番歌の詠む内容が、軽皇子の父君にかかわる、これらの歴史的事件を踏まえる表現であることは、長歌に「古昔念ひて」とはっきり言われる通りだ。短歌四九番歌をそう読むことによってのみ、過去を特定する助動辞「し」（終止形「き」）が活きる。「し」は歴史的過去や神話的過去を特定するためにある。〈狩りに出かけていった〉と詩歌に詠まれているのを、ほんとうに狩りにやってきましたなどと読んでは、詩歌の読者として失格ではなかろうか。猟師たちのたくさんいる、狩猟の場である宇陀野の一帯へ、父草壁がたしかにやってきたという表現なのに、そこを見逃してきたのが茂吉以来の万葉学の水準だった。

念を押すように言えば、四五番歌（長歌）を始めとして、反歌に至るまで、軽皇子そのひとが狩りにやってきたなどとは、どこにも、何にも述べられていない。短歌四六番歌でも「古へ念ふに」と、長歌を繰り返し、四七番歌では「過ぎ去にし君〈之〉が」とある、この「君」も父草壁のことで、これを要するに軽皇子と父君との関係をのみ、一貫してここに詠む人麻呂の作歌だ。

さらに言えば、草壁は皇位を継承することなく終わった、したがって、天皇霊の授受に参与できなかった皇子でしかない。天武、持統と継いで、つぎに立つ軽皇子（即位して文武）が、ここに父のことを回想する、これらの長短歌に、天皇になれなかった父君を哀悼し、鎮魂する主題こそ読み取れても、天皇霊を父から継承するためであるとは考えられない。

東国社会での戦争

西国へ派遣される『万葉集』（巻二〇）の防人《さきもり》たちの出身が、どうして東国なのだろうか。このこととかかわりのある回答か、国内を東から西へ、西から東へと洗濯槽のなかのように攪拌する必要があったというようなのを見たことがある。中世になって、武士たちが西から東へ、東から西へ駆け巡ったことが〈国民文学〉を成立させたという意見もあった（バーバラ・ルーシュ『もう一つの中世像——比丘尼・御伽草子・来世』思文閣出版、一九九一）。『平家物語』はたしかに国民文学の名をほしいままにしてきたと言えるであろう。

戦争にはたしかに広範囲の移動という一面がある。たとい国内であろうと（内戦であろうと）、部族間抗争（と言っていけなければ氏族間抗争）とのみ見るのでは不足であるという、〈国家の火〉を前提とする理由であり（平家にしろ、源氏にしろ、国政を担当しなければならないということでもある）、ここに戦争の定義が胚胎する。

地方に貼りつく戦争の一つ一つが〈国家〉を生産、再生産するシステムだと見ぬく必要がある。凄惨な闘いを示すことにはまさに理由がある。

将門《まさかど》、常陸国府を攻撃、天慶二年（九三九）十一月二十一日

将門の随兵は僅かに千余人、府下を押し塘《つつ》んで、便ち東西せしめず。長官（藤原維幾）すでに過契に伏し、詔使また伏弁敬屈す。世間の綾羅は雲のごとくに下し施し、微妙の珍財は算のごとくに分ち散じぬ。万五千の絹布は、五主の客に奪はれぬ。三百余の宅烟は一旦の煙に滅しぬ。屏風の西施《せいし》は、急に形を裸《あらは》にする媿《はぢ》を取る。府中の道俗も、酷《から》く害せらるる危みに当る。金銀を彫れる鞍、瑠璃を塵ばめたる匣、幾千幾万ぞ。若干の家の貯へ、若干の珍財、誰か採り誰か領せむ。

定額の僧尼は、頓命を夫兵に請ひ、僅かに遺れる士女は、酷き媿を生前に見る。憐むべし、別駕は紅の涙を緋の襟に捫《のご》ふ。悲しぶべし、国吏は二の膝を泥の上に跪く。当今、濫悪の日

に、烏景西に傾き、放逸の朝に、印鎰を領掌せらる。よて長官、詔使を追ひ立てて、随身せしむることすでに畢んぬ。庁衆は哀慟して館の後に留り、伴類は徘徊して道の前に迷ふ。廿九日をもて豊田郡鎌輪の宿に還る。長官、詔使を一家に住せしむるに、愍労を加ふといへども、寝食穏《やす》からず。

（『将門記』。『日本思想大系8　古代政治社会思想』岩波書店、一九七九）

書き下し文にとどめて、文章のなかみのどこがと指摘するのも情けないことながら、読み取ってほしい、虐殺、掠奪そして陵辱という、戦争の三要素が深層から浮上するさまを。〝堂々として〟、しかし変格漢文というほかはない〝大文章〟をなす。のちの軍記物を望み見る、特有なと言ってよい叙述形式ではないか。前半から後半へ、『将門記』は時間構成に齟齬を覗かせるものの、一貫して文体がある種の激越さを主張する。戦争という性格を窺う文学として、避けられない著述ではないか。

二

〈虐殺・陵辱・掠奪〉は抑止力？

大小の戦争のどれにでも見られる要素を抽出してしまえば、〈戦争の本性〉を論じる起点になる。従来型の戦争論では殺し合いなどを焦点化して、それに付随する諸要素を別扱いにしてきた。無駄に殺し合いをするような愚かな人類だろうか。

私は虐殺と陵辱と掠奪とを三要素として認定する。おもしろいと言うとたいへん語弊があるけれども、〈虐・辱・掠〉と略してみると、これらは字としてどうも私は筆記しようとしてうまく書けない（書き順が分からなくて、ひっくり返して書いたり、リャク奪を書こうとして字が浮かばず、略字の「略奪」と書いたりする）。発音しようとしても、〈ギャク・ジョク・リャク〉と、どうしても一度では言えないむずかしい音声が並ぶ。それにはきっと理由があるはずで、戦争がそのむずかしさの深層にこそ潜む、ということではなかろうか（ギャグだと思ってくれてよい）。

これを要するに、戦士としての男たちを消耗戦によって殺し、生きのこったかれらにしても城内に追いつめられて皆殺しである（＝〈虐殺〉）。女たちは出産要員として生かされ、所生の子の育児を担当させられるであろう。その変型につぐ変型が戦場や戦後処理としての現代につづく〈陵辱〉にほかならない。戦争の主要な目的が〈掠奪〉であることは言うまでもない。

難問にちらとふれておく。自分のなかで反問に反問を繰り返す（煩悶かもしれない）。どんなにひどい戦争時代でも、絶えず戦争抑止という課題が試されてきた。〈虐殺〉をこととするはずの軍隊が、抑止力として評価されたり、悲惨な戦闘行為のただなか、あとから、厭戦や停戦が叫ばれ、平和思想がはぐくまれたりなど、抑止という機能は〈虐殺〉と相対的に働き出す。（核兵器を抑止力と言うのは詮ないことだが。）

〈戦争の本性〉からのいま考察なのであって、〈虐殺〉を阻止するためには軍隊という暴力装置を必然とするというような、従来型の戦争論もそこから生まれる。従来型の戦争論はすべて必要悪と、必要悪からの脱却の提案としてある。それらの蚊や蠅のような発生源もまた〈虐殺〉にあるという悪循環を断ち切らねば、議論は振り出しにもどる。

〈陵辱〉には、これも論じるむずかしさがあるものの、戦時下に軍や業者による、慰安所という〈暴力〉施設が設置されてきた屈辱を根源から衝く、フェミニズム議論が用意されるのでなければ、責任問題でいたずらに歴史は糊塗されつづけることだろう。

歴史はまた〈掠奪〉を占領ひいては植民地形成などへ変奏させて、古代史から現代史に至るまで、隣接する部族や民族に取り返しがたい空洞を産む。奪われた歴史はその部族や民族の内部に断片的な記録や深々と記憶をのこすのみで、回復させるすべをほとんど喪う。原因としての〈掠奪〉を告発する歴史家はえてして歴史の必要悪という考え方に取り込まれてしまうかもしれない。そうならないためにも、記録や記憶の痛ましさは加害／被害の双方にわたり共有されてしかるべきだろう。

銃後の祈り

文学は無論、叙事詩類（—多く戦争文学である）にしろ、近代文学にしろ、戦闘行為のさなかでの行動や、銃後、戦時下の女性たちについて、語りや筆のさきを向けることが一般で、私にしろ機会のあるたびに論じてこなかったと言えば嘘になる。ここですこし銃後に回っておくことにする。これまでに採り上げたことのある（「分かってきたことと不明と」、本書所収）文献で言うと、詩のほうで

『辻詩集』（日本文学報国会、一九四三）が悪名高いので、少々肩を持ちたい気がする。

軍艦を造るために、釘いっぽんでも供出しましょうという、当時のキャンペーンが内部から読み取れて、「鉄片をひろふ詩」などを詩人たちが書くちまちましさが、非難される覚悟で言えば、わりあい好きになれるアンソロジーだということもあるけれども、暴論であることを承知で言えば、一千二、三百年という〈風雪〉を度外視するならば、『万葉集』と『辻詩集』との、前者が（何と言えばよいか）偉くて、後者は唾棄すべき翼賛詩集だというような、そんな前提を取り払う必要がある。

これも採り上げたことのある、愛国百人一首（日本文学報国会、一九四二年発表）のなかから、二十首もの万葉歌を見いだせるとは、『万葉集』もまたその時代における〈辻詩集〉なのではなかろうか。

千万《ちよろづ》の軍《いくさ》なりとも、言挙げ〈不〉為ず。取りて〈而〉来ぬべき男《をのこ》とぞ　念ふ

（高橋虫麻呂、巻六、九七二歌）

士《をのこ》やも、空しく〈応〉有るべき。万代に語り続《つ》ぐ〈可〉べき名は〈不〉立てずして〈而〉

（山上憶良、同、九七八歌）

と、延々、愛国百人一首は『万葉集』から幕末まで、一貫してこのいくさするおのこどもの世界を綴る。

著名な「海行かば、みづく屍《かばね》、山行かば、草むす屍。大皇《おほきみ》のへにこそ　死なめ。かへり見は　せじ」（大伴家持、巻一八、四〇九四歌）は長歌の一部だから、愛国百人一首に採られなかった。佐佐木信綱、土屋文明、釈迢空、斎藤茂吉ら、すべて男性歌人を選者として、『万葉集』から採録する。女性作者のそれは、

吾が背子は　物莫《な》念《おも》ひそ。事し　有らば〔者〕、火にも　水にも　吾れ莫《な》けなくに
（安倍女郎、巻四、五〇六歌）

おまえさん、あなた。くよくよ物思いすることないよ。
何か起きるならば、火でも水でも、わたしという女がついてるじゃないか

と、あとは遣唐使になって出て行く使人の母の歌と、ぐらいだろうか。

沖縄、奄美の〈戦後〉

一九六〇年代の終わりから七〇年代の初めにかけて、当時の私だけか、ぼんやりしていた粗雑な自分ということか、一九七〇年安保改定、日米地位協定の延長、固定化という流れと、一九七二年沖縄〈返還〉とが、二年という連続一本のライン上のことであり、表裏をなしていることに、当時は思い及ばなかった。何をあとになって気づくことか、という幼稚さでもある。

後者で言えば、〈沖縄〉と名づけられたデモに出て行ったたし、吉本隆明の〈南島〉論の講演には、初学《うい》びの感じで、二度か、聴きに行ったし（一九七〇年ごろ）、ヴェトナム戦争下であることには頭脳で理解でき、〈復帰〉どころか復帰反対という、沖縄から聞こえてくる斬新な声もあって、いったいどういうことかと一つ一つ訝《いぶか》しみ、突きつけられて、一面で柳田から折口へという、沖縄論に関してならば大きな転回をしいられる自分でもあり、なかなか届かない想像のさきに、もどかしいわが沖縄だった。

大城立裕『小説 琉球処分』（一九六八）とともにいま思い出されるのは、つよく第何回めかの〈琉球処分〉が二〇一五年に進行したということだろう。それに対して、抵抗する沖縄がわが、一週間という時間をかけて、ハワイヌブイ（上り）、ワシントンヌブイしながらも、着実にその時間は七十年という歳月を遡及しているのだと、ある実感がやってくる。翁長雄志《おながたけし》知事訪米のことだ。

七十年とは、私のこれまでの不明をもみほぐし、この遡及を許してくれる厳しさや優しさの別名ではないか。ずばり、『沖縄の70年』というその名の通りの石川文洋のフォトストーリー（岩波新書）もある。一九六八年十一月には嘉手納にB52が四十九機にもなったと、写真は語る。連日の出撃で基地の周辺に事故の危険が迫っていた。詩の書き手が多くそのなかから誕生しつつあった。

四百年という歳月をも忘れてはならない。最初の〈琉球処分〉だった薩摩入り（一六〇九）は、奄美をおさえて沖縄を服属させる（戦争である）。『沖縄文学全集』（国書刊行会、刊行中）が奄美を企画の一部に据えて、実質〈沖縄奄美文学全集〉にしあげたのは、歴史的にも、基層文化へのまなざしということからも、すぐれた見識だった。

その奄美が、塗炭の飢餓状態にまで追い詰められながら、講和条約後の復帰をかちとった（一九五三)。朝潮太郎(三代、徳之島の生まれ)の関脇での初優勝は一九五六年の春場所で、われわれ少年たちの想像できた南限はそこ、復帰そして朝潮の奄美。講和から奄美復帰へという流れが何だか非常にうれしかったという幼い思い出がある。

そのかなたに、焦土を沖縄戦とともに認識できるようになったのは私のいつのことだろうか。

「戦争抛棄に関する条約」(パリ不戦条約)

戦争の原因とその回避とについて、人類史的な深い問いかけへ考え進めるようにと、だれかが用意してくれた戦後七十年という、日本歴史のすきまではなかったか。ここから議論を憲法へにじりよらせることになる。

パリ不戦条約(Pact of Paris パリ条約、「戦争抛棄に関する条約」)の限界点にふれるにせよ、これを高く評価したい思いにおいて、引けをとらないつもりだ。『言葉と戦争』から復唱しよう。日本国憲法は、戦後社会に学童として、生徒として成長した私にとり、繰り返し学習してきた原点としてある。その条項のうち、不戦条約と言われる、パリ条約の文言が第九条によく似るという指摘はいまに気になる。

一九二八年八月のパリ不戦条約は、戦争拡大を防ぐためという趣旨で締結された。しかし、第一次大戦後の列強が自国の植民地を守るためのものでもあった。これが各国の自衛のためという利害において一致した国際法だということは、こんにちの日本社会での憲法改正論議のありようにまでかげを落としてくる。

戦争抛棄に関する条約（パリ不戦条約）

前文

国家の政策の手段としての戦争を卒直に抛棄すべき時機の到来せることを確信し……

第一条　締約国は国際紛争解決の為、戦争に訴ふることを非とし、……国家の政策の手段としての戦争を抛棄すること……

とは、軍備を自衛のために認める措置であるから、戦争の目的を大きく規定し直したことになり、世界は意に反して第二次大戦への道をひらいてしまう。不徹底さと罰則規定の無さとがいかに惨害を広げるか、反省点だろう。

日本国はこれの一九二九年の批准・公布にあたり、〈其の各自の人民の名に於て厳粛に宣言す〉（第一条）の箇所を、天皇大権に違反することとして賛否両論あり、この字句について「帝国憲法の条章より観て日本国に限り適用なきものと了解することを宣言す」るに至る（帝国政府宣言書）。

この宣言ののち、いわば〝国体を護持して〟批准したということだろう。批准当初からして、この不戦条約が大きな縛りであると感知されたことを意味する。その後の満州事変（一九三一・九）を、日本がわは自衛のための措置であると主張し、国際連盟が非難決議をすると、日本の脱退に至ることなど、周知のことに属しよう。パリ不戦条約が機能しなかったという指摘では不十分だろう。機能しようとして挫折する条文のなかに反省点を嗅ぎとる必要がある。

日本国憲法の第九条という〈不戦〉を、だれが憲法に持ち込んだか、などとされるけれども、パリ不戦条約を批准するに際し表裏で動いた政府関係者や外交官ら（のちに首相になるひとがそのなかにいてもよい）の、若い記憶や思い入れがこれをもたらしたのではないかと推測する。

〈戦争の放棄〉から非戦へ

日本国憲法第九条を世にもたらしたパリ不戦条約の第一条〜第三条と、〈戦争の放棄〉として知られる、

日本国憲法
第九条① 日本国民は、正義と秩序を基調とする国際平和を誠実に希求し、国権の発動たる戦争と、武力による威嚇又は武力の行使は、国際紛争を解決する手段としては、永久にこれを放棄する。
② 前項の目的を達するため、陸海空軍その他の戦力は、これを保持しない。国の交戦権は、これを認めない。

とを比較すると、パリ不戦条約のまさに徹底深化として②項が加えられたと知られる。

厳密に言うと、①項がパリ不戦条約から持ち越しの〝戦争の放棄〟であり、②項が日本国憲法の

特色である〝戦力の不保持〟〝交戦権の否認〟であった。そういう歴史的なパースペクティヴのある日本国憲法第九条の構造だということを押さえる。

「戦争の放棄」は不戦の一環であり、諸他国の憲法にもありえてよいが、「戦力の不保持」「交戦権の否認」は「戦争の放棄」を超える徹底であり、日本国憲法に見られる特徴として知られる。この特徴はパリ不戦条約と日本国憲法とのあいだのかなり大きな相違点であって、前者を不戦とするならば、後者をそう呼ぶのでは不足である。よって〝非戦〟という語をここにおいて用意することは至当だろう。

国際的な協約じたいが事態の延期であり、無効へ帰せられることは、カントの批判するバーゼル条約（平和条約、一七九五）のみだろうか。「将来の戦争の種をひそかに保留して締結された平和条約は、けっして平和条約とみなされてはならない」（カント『永遠平和のために』、一七九五）とは、なるほどパリ不戦条約にしろ、つかのまの「休戦」と「敵対行為の延期」とのあとから、それらの抑止効果の期限切れとともに第二次世界大戦が勃発する。

サン＝ピエール、ルソー、そしてカントらの平和連合の構想は、平和条約が一時しのぎであるのに対して、持続的であり、『永遠平和のために』と「永遠」が冠せられた理由はそれである（実際には墓碑銘らしい〈さらに旅館の看板にあったキャッチコピーだったとか〉）。カントにこれを書かせたバーゼル条約は実際に〝無効〟へと最終的に回収されるまでに、十年を持ちこらえた。同様にパリ不戦条約は第二次世界大戦へと回収されたとしても、戦前の国際連盟に代わる、国際連合を発足させる一方で、日本国憲法第九条にその条項をのこした。

天皇条項と戦争

天皇条項（あるいは国民主権）、戦争の放棄、そして基本的人権という三本の柱から日本国憲法は成る。天皇条項については憲法論議ないし学説史的に「国民主権」の含み方が注目されるものの、戦後の七十年かけて国体の変更（天皇主権から国民主権へ）を完成したと見るのが歴史だろう。

明治憲法（大日本帝国憲法）と現行の日本国憲法とを比較すると、前者に見られる（かな書きとし、濁点を付す）、

第十一条　天皇は陸海軍を統帥す
第十二条　天皇は陸海軍の編制及び常備兵額を定む
第十三条　天皇は戦を宣し和を講し及び諸般の条約を締結す

が、後者で削除されるばかりか、その第七条を見ると、

第七条　天皇は、内閣の助言と承認により、国民のために、左の国事に関する行為を行ふ。

とあって、その具体的内容は〈一　憲法改正、法律、政令及び条約を公布すること。二　国会を召集すること。三　衆議院を解散すること。四　国会議員の総選挙の施行を公示すること。五　国務

大臣及び法律の定めるその他の官吏の任免並びに全権委任状及び大使及び公使の信任状を認証すること。六　大赦、特赦、減刑、刑の執行の免除及び復権を認証すること。七　栄典を授与すること。八　批准書及び法律の定めるその他の外交文書を認証すること。九　外国の大使及び公使を接受すること。一〇　儀式を行ふこと。〉と定められるから、大日本帝国憲法の天皇条項からの大きな変更であって、そのことの徹底として、天皇の国事行為から「戦争」を奪うばかりか、「日本国民」にもそれを認めないとする第九条の趣旨がある。

繰り返すと、古典的な、宣戦布告を含む戦争が原理的にできなくなったとはいえ、大日本帝国憲法の天皇から日本国憲法の天皇へと、権能を大きく書き換え、象徴天皇制と化すことの延長上に、旧天皇から国事行為としての戦争を奪って第九条で徹底させるという、日本国憲法の第一条〜第八条と第九条とがセットになっていて、一〜八のつぎに九が来るという序数には分かりやすさがある。

前文を想い出そう、「政府の行為によつて再び戦争の惨禍が起ることのないやうにすることを決意し、ここに主権が国民に存することを宣言」して、この憲法は確定されたと。前文での、唯一、戦争に言及する箇所としてある。

注意点としては、被占領下であるにもかかわらず、この憲法にはそれ（＝占領）を匂わせる文言がなく、国民主権の独立国家であることで徹底されている。国民主権であるに伴い、天皇は国民総意の象徴であるとされた（第一条）。再び繰り返すと、第一条〜第八条によっても、文法上は「天皇は……」「天皇は……」と、天皇が主格であるにもかかわらず、日本国民が戦争をできないように規定されているうえに、第九条は前文におなじく「日本国民は」という主格へとって返し、第十条「日本国民たる要件は、法律でこれを定める」、第十一条以下の基本的人権の条項へと緊密につながってゆく。

旧憲法の兵役の義務（第二十条）と戦時下にあって天皇大権が優先する条項（第三十一条）とが削除されることは言うまでもない。

しかし、それらが削除されるだけではどこか足りないような気がする。

三

近代における戦争の起源

戦争が憲法論議に必然的に行くとは、国民主権にしろ、あるいは君主主権にしろ、一般に戦争と結びつくことによっても、逆に日本国憲法が戦争放棄を宣言することによっても、よく理解できることとしてである。

憲法が一般に戦争の三要素である〈虐殺・陵辱・掠奪〉にふれない（＝禁止しない）ことは、おどろくばかりというか、それとも戦争であるからにはおどろくにあたらないと考えるべきか。従来、憲法論議から外されてきた実質がここにあると言える。しかし日本国憲法が戦争放棄を宣言したことには、それの起源である〈虐殺・陵辱・掠奪〉にふれ始めたと見るならば、多大な評価を与えることができるかもしれない。戦争放棄とは〈虐殺・陵辱・掠奪〉を禁止することなのだとすれば。

古代からの憲法（聖徳太子には仏教的道徳的な教えとしての十七条憲法がある）は措いて、近代的な憲法になると、新たな戦争の起源が仕組まれているということではなかろうか。数えるならば、民族や人種、宗教、階級（有産／無産）差別などを視野にいれなければならない。われわれの学生時代での学習に上部構造と下部構造と称したのは、いまや何が上部構造で何が下部構造か、まったく分からなくなった時世であるものの、〈虐殺・陵辱・掠奪〉を下部構造とするならば、民族や人種、宗教、階級差別は近代意識のうちに前近代から再編されて浮上し、イデオロギー化された上部構造なのではなかろうか。不動のノモスというより、高度の意識にのぼせて、学習を繰り返すならば可変の域へと組みいれることのできる、上部構造（と言っていけなければ再上部構造）なのではないのかと思われる。

とするならば、基本的人権を守るとはどういうことか。名目か、実質かを問う必要があるにせよ、戦争が引き起こされる理由に、人権の擁護、人権を闘いとるというスローガンがつねにあったし、現にあるとすると、そこに注意を向けなくてよいのか。戦争の近代的な起源と言うべきか、基本的人権もまた戦争に参与するのではないかと注意を凝らす必要がある。

憲法の第三の柱である基本的人権の条項はいまやかなり難解になってきたと言える。基本的人権と戦争とのあいだの隔壁はそんなに高くないと言うべきか。基本的人権が合衆国憲法（発効＝一七八八）、フランス革命の人権宣言（一七八九）以下、二百年かけて、とは近代から老近代へかけて、各国のあらゆる憲法に書き込まれる獲得物であるとは、一面で戦争となじみやすい性格の条項群であることを見落とせないのではなかろうか。

フランス大革命は数十万人の死者を出した戦争でもある（革命という美名はそれとして）。人権を守ると称することが近代的な戦争の起源に連なると見ぬかれる必要がある。合衆国憲法やフランス人権宣言の起草者ならば、これらの人権を守る一環としてわれわれの戦争があると称して憚らないことだろう。

研究し、想像する権利

みぎに述べかけた旧憲法の「臣民権利義務」に見ると、居住、逮捕監禁、裁判、信書、信教、言論、著作、集会、結社、請願、そして納税は、さらに兵役を「日本臣民」に求め（第二十条）、戦時や国家事変に際し天皇大権を優先させること（第三十一条）と、とどこおりなく併存させる。基本的人権と戦争とをあわせ持つ近代国家での憲法の在り方として、明治憲法（大日本帝国憲法）の一貫性ないし整合性は言うをまたないことになる。

日本国憲法が明治憲法の改正点として、最高の特色であるはずの、基本的人権をのこして戦争を放棄するという要諦は、前者について大きく拡張し、後者に関して削除すれば済むというような、いわば消極性によってよしとするつじつまあわせだったのだろうか。

新憲法の「第三章　国民の権利及び義務」が第十条〜第四十条におよび、文字通り条理を尽くしていることはそのとおりだろうが、戦争を放棄する条項とそれらとが表裏の関係にあり、戦争を放棄して人権を守るという守勢でなく、それ以上のこと、人権を研究し、新たに想像することは可能かという、そこからさきは世界に類のない提案として置かれていると見られる。

言い換えれば、近代が戦争を背景にして人権を獲得してきた限界への挑戦がここにあるはずであり、ほかでもなく日本国憲法がそこまで踏み込んだということを確認する必要がある。たとえばということで言うと、「思想及び良心の自由」（第十九条）は「これを侵してはならない」とする規定に踏みとどまることなく、非戦と表裏の関係にある思想および良心の自由であること、そのために「兵役の義務」が積極的に排除されたことを確認し、そのことを研究し想像する権利にまで行かなければ徹底しないと思われる。

基本的人権と言って不足ならば、別の新たな命名が必要かもしれない。基本的研究権としての想像の原理を樹立させる必要がある。教育が不可欠の柱となることは見通されてよい。

改正論議のなかで、第九十七条を削ろうとする動きがある。新憲法の「第十章　最高法規」がなぜ第九十七条（基本的人権の本質）、第九十八条（最高法規、条約及び国際法規の遵守）という二条（第九十八条はさらに二項）を有しているのか、なぞに近いことのように思われているのだろうか。けっしてなぞなのでなく、戦争を放棄して基本的人権の本質がなお生きられるかどうか、日本国憲法が人類にとり未知の試錬であることをつよく訴えたと見られる。

「憲法草案要綱」（憲法研究会）

ここから高野岩三郎、鈴木安蔵らの「憲法草案要綱」（いわば日本国憲法の前段階）を見よう。一九四五年九月二十二日、一台のジープが憲法学者鈴木安蔵の仮寓する鹿島理智子宅に止まる。下りてきたのは都留重人（経済学）を案内役とする、ハーバート・ノーマン（一九〇九—一九五七）。日本生まれの、安藤昌益の研究でも知られる（岩波新書に『忘れられた日本人』上下がある）、カナダの外交官。かれは鈴木に憲法改正を着手させるべく訪ねてきたのだ。

明治憲法の急進的な、きわめて重要な研究家でありながら、二度にわたる弾圧（治安維持法違反による投獄と執筆禁止と）によって、鈴木は昭和十二年（一九三七）以後、〈大東亜共栄圏〉構想を受けいれるようになり、終戦直前には、火野葦平らとともに陸軍西部軍（九州）の報道部にあり（火野の『革命前後』〈一九六〇〉に「安岡金蔵」という名で登場する）、深い挫折感とともに東京に仮寓していたところを、誘われて憲法研究会に参画することとなる。高野、杉森孝次郎、森戸辰男、室伏高信、岩淵辰雄、馬場恒吾らとともに新憲法の草案づくりに奔走する（鈴木は憲法学者として全体をまとめる立場にある）。その目的は明治憲法の根本的改正、つまり表面的には改正で中身は国民主権化にあった。

鈴木の見いだした植木枝盛の「日本国憲法」「日本国々憲案」（『明治文学全集12』筑摩書房、一九七三）が大きく影を落としており、そこにはこうある。

日本国々憲案

第四十四条　日本の人民は生命を全《まつた》ふし、四肢を全ふし、形体を全ふし、健康を保ち、面目を保ち、地上の物件を使用するの権を有す。

明治憲法で採用されず、新憲法で復活する、

日本国憲法
第二十五条① すべて国民は、健康で文化的な最低限度の生活を営む権利を有する。
② 国は、すべての生活部面について、社会福祉、社会保障、及び公衆衛生の向上、及び増進に努めなければならない。

〈生存権〉らしき条項も、「憲法草案要綱」に見られる。森戸辰男（衆議院議員に当選していた）がこれを日本国憲法の条項にすることをつよく主張したと言われる。

憲法草案要綱
一、国民は健康にして文化的水準の生活を営む権利を有す。

吉野作造、そして鈴木らによる明治時代の憲法近代化の研究は、平和憲法を戦後社会にもたらすために多大な力をふるった。数多い民間私案、とりわけ植木枝盛による草案、五日市憲法などを先駆とし、日本近代がもたらした世界的な憲法制定の一環としてある。
「憲法草案要綱」に〈戦争放棄〉の条項が見られないことに対して、疑問視する意見があるかもしれない。再び戦争の惨禍をもたらさないという、終戦直後の要請を大前提に新憲法の構想に取り組む憲法学者らにとって、〈戦争放棄〉の言をあたかも故意に書きいれるごときは思いも寄らないことだったと見たい。かれらの憲法研究会としては〈戦争放棄〉について何の主張もなかった。というより、「平和の確立なくして」人権保障その他民主主義の発展が不可能であることは「会員のなかからも強く力説されたところである」と鈴木にはある（『憲法制定前後』青木書店、一九七七）。

一、国民は民主主義、並びに平和思想に基づく人格完成、社会道徳確立、諸民族との協同に努むるの義務を有す。

は日本国憲法の前文に生かされる。

さらなる、それらの延長に新たな非戦的人権を構築するところまでゆく使命が日本国憲法にはあろう。非戦的人権という語をここに提案したい。

女性と子供

昭和二十五年（一九五〇）には朝鮮戦争（動乱、6・25戦争）が勃発する。これは私ども、学童たちにとっても衝撃であった。終わった太平洋戦争は完全に過去になったはずであり（と教えられてきた）、学童たちは二度と戦火のない社会をこれから生きてゆく、とそう教えられ、「新しい日本社会の将来はきみたちの双肩にかかっているのだ」と、教師たちから言われつづけて育つ。教師たちは学童たちにそう言うほかにすべがなかったろう。

毎週の朝鮮半島での戦況が担任の教師による「社会科」の授業となる。朝鮮戦争の衝撃は日本社会でのいわゆる特需景気をもたらし、米国のアジア政策の一環として日本の独立国化がうながされ、昭和二十八年（一九五三）のサンフランシスコ講和条約に結びつく。紅白の菓子が学童たちの机に配られると、日本は再び脱亜入欧の文化をたどってゆくことになる。アジア諸国を低く見ようとする社会の傾向は、東西冷戦の西側へと日本が位置づけられてゆくことと表裏の関係としてあった。（「特需」は私どもの使えない語として記憶される。）

一九五三年の日本独立国化とともに出された、いくつかの書物がある。一度、ふれたことのあるこれらの本だが、禁書にしたいほど中身に希望がなく痛々しい。①『基地の子』（清水幾太郎・宮原誠一・上田庄三郎、四月）、②『基地日本』（猪俣浩三・木村禧八郎・清水幾太郎、五月）、③『夜の基地』（神崎清、九月）など、類書はなおたくさんあるであろう。子供たちの証言をあつめながらの著作で、あるいは子供たちを救えとの思いから書かれたとある。

③に、おどろくべきことが見られる。終戦の二日後の八月十七日、東久邇宮稔彦内閣が成立し、翌十八日には、内務省警保局長から庁府県庁あて、無線通牒で、外国駐留軍慰安施設等整備要領というのが発せられていると。「性的慰安施設／飲食施設／娯楽場……、営業に必要な婦女子は、芸妓、公私娼妓、女給、酌婦、常習密売淫犯等を優先的に之を充足するものとす」。占領軍の上陸まえに施設を用意してしまえ、という下達であった。「優先的に」とあるように、命令の出所である副総理から「日本の娘を守ってくれ」と、警視総監へ依頼があってだ、と神崎は書いている。

朝鮮戦争に出兵する兵士たちの性的基地となるに至って、さらに事態が加速されたのではないか。私は奈良市にいて、いまの平城宮址あたりに歓楽街が忽然と生じ、女性たちが米兵とたわむれながら歩くさまに、戦後という現実を子供ながら受け取らざるをえなかった。大阪に上陸して、米兵は休暇が終わるとまた戦場へ向かうらしかった。そういう女性（パンパンと言った）よりも、女性たちを集めてくる男性（ポン引き）のほうが数は多かったとも聞く。

子供たちと女性とをまさに文字通りの〝犠牲〟として戦争が進行するさまに、たしかな本性としての残虐さがある。

戦争学の帰趨

二〇一四年八月以後の国連での統計では、五千人の男が虐殺され、七千人近い女性と子供たちが、奴隷としてらちされたという。奴隷？　らち？　言葉が慎重に選ばれて報道されなければならないとしても、写真家、林典子のヤジディの女性（ラマ、十五歳）からの取材は正確な表現だと思う（『サンデー毎日』二〇一五・六・一四）。「私と友人はイスラム国兵士に無理やり貰われ、結婚をさせられました」。逃げ出したものの、見つかってモスルへ引きもどされ、五ヶ月にわたり監禁され、鉄棒で殴られ、食事を与えられず、レイプが繰り返される。らちされた十二歳以上の独身女性の九割がレイプの被害に遭う。「春になると家族とシンジャル山にピクニックに行くのが楽しみ。……まさかそこで虐殺が行われるなんて」（ラマ）……

私とて、戦争〝論〟や反〝原発〟を書きながら、戦争学になかなか行き着けない、途方に暮れる足取りのなか、死刑、人身犠牲などの陰惨な数千年と切り離しえないそれとようやく納得する。虐殺と、陵辱と、それに掠奪とを、それらのどれがおもだというのでなく、まったく三点セットとして、繰り返すと、男を虐殺し、女を出産要員として確保し（その変形につぐ変形が陵辱、みぎの言い方では「結婚をさせられました」）、無論、いっさいを掠奪する行為として、人類の初期からあったという、なさけない結論ということになるけれども、戦争学の始まり（死刑学でもある）として提示することにしよう。

『湾岸戦争論』を、そして『言葉と戦争』を書いてきた私にとって、それらはかならずしも〈戦争とは何か〉を解明し終えたのでなく（分からないことが多いからこそ書きつづけるのだが）、あるいは日本の〈原発〉（原子力発電）に対する、ある種の戦争を考察する『水素よ、炉心露出の詩』（桑原茂夫の解説による）を書いたあとになって、〈戦争の起源〉〈戦争の本性〉――いわば未完の戦争学――への断片めく解決が、ようやく見えてきたという思いに駆られる。

II

福島の表現する詩人たち

1　南相馬市、一詩人の予言

若松丈太郎はチェルノブイリ原発事故の八年後、つまり一九九四年、その避難状況を現地につぶさに見て、自分たちの街の「神隠し」もまたきょうのことかと書いていた。

神隠しされた街（一九九四）

四万五千の人びとが二時間のあいだに消えた
サッカーゲームが終わって競技場から立ち去ったのではない
人びとの暮らしがひとつの都市からそっくり消えたのだ
ラジオで避難警報があって
「三日分の食料を準備してください」
多くの人は三日たてば帰れると思って

ちいさな手提げ袋をもって
なかには仔猫だけをだいた老婆も
入院加療中の病人も
千百台のバスに乗って
四万五千の人びとが二時間のあいだに消えた
鬼ごっこする子どもたちの歓声が
隣人との垣根ごしのあいさつが
郵便配達夫の自転車のベル音が
ボルシチを煮るにおいが
家々の窓の夜のあかりが
人びとの暮らしが
地図のうえからプリピャチ市が消えた
チェルノブイリ事故発生四〇時間後のことである
千百台のバスに乗って
プリピャチ市民が二時間のあいだにちりぢりに
近隣三村をあわせて四万九千人が消えた
四万九千人といえば
私の住む原町市の人口にひとしい
さらに

原子力発電所中心半径三〇㎞ゾーンは危険地帯とされ
十一日目の五月六日から三日のあいだに九万二千人が
あわせて約十五万人
人びとは一〇〇㎞や一五〇㎞先の農村にちりぢりに消えた
半径三〇㎞ゾーンといえば
東京電力福島原子力発電所を中心に据えると
双葉町　大熊町　富岡町
楢葉町　浪江町　広野町
川内村　都路村　葛尾村
小高町　いわき市北部
そして私の住む原町市がふくまれる
こちらもあわせて約十五万人
私たちが消えるべき先はどこか
私たちはどこに姿を消せばいいのか　（以下、略）

（『いくつもの川があって』〈花神社、二〇〇〇〉所収）

みぎの作品、一九九四年の執筆を、二〇一一年以後に書かれたと、だれかが慌てて読み間違えても、たぶん仕方がない。十五万人とはそのまま福島県のこんにち（二〇一一）の避難者の数値に等しい。これが詩の作品かと呆れたり、眼を剝いたりする人がいることも甘受しよう。

もう一編、引いてみる。

みなみ風吹く日（一九九二、二〇〇七）

1（一九九二）
岸づたいに吹く
南からの風がここちよい
沖あいに波を待つサーファーたちの頭が見えかくれしている
福島県原町市北泉海岸
福島第一原子力発電所から北へ二十五キロ
チェルノブイリ事故直後に住民十三万五千人が緊急避難したエリアの内側

たとえば
一九七八年六月
福島第一原子力発電所から北へ八キロ
福島県双葉郡浪江町南棚塩
舛倉隆さん宅の庭に咲くムラサキツユクサの花びらにピンク色の斑点があらわれた
けれど
原発操業との有意性は認められないとされた

たとえば
一九八〇年一月報告
福島第一原子力発電所一号炉南放水口から八百メートル
海岸土砂　ホッキ貝　オカメブンブクからコバルト60を検出

たとえば
一九八〇年六月採取
福島第一原子力発電所から北へ八キロ
福島県双葉郡浪江町幾世橋
小学校校庭の空気中からコバルト60を検出

……（中略）

2（二〇〇七）
一九七八年十一月二日
チェルノブイリ事故の八年まえ
福島第一原子力発電所三号炉
圧力容器の水圧試験中に制御棒五本脱落

日本最初の臨界状態が七時間三十分もつづく
東京電力は二十九年を経た二〇〇七年三月に事故の隠蔽をようやく
認める

あるいは
一九八四年十月二十一日
福島第一原子力発電所二号炉
原子炉の圧力負荷試験中に臨界状態のため緊急停止
東京電力は二十三年を経た二〇〇七年三月に事故の隠蔽をようやく
認める

制御棒脱落事故はほかにも
一九七九年二月十二日　福島第一原子力発電所五号炉
一九八〇年九月十日　福島第一原子力発電所二号炉
一九九三年六月十五日　福島第二原子力発電所三号炉
一九九八年二月二十二日　福島第一原子力発電所四号炉
などなど二〇〇七年三月まで隠蔽ののち
福島第一原子力発電所から南南西へはるか二百キロ余
東京都千代田区大手町

経団連ビル内の電気事業連合会ではじめてあかす
二〇〇七年十一月
福島第一原子力発電所から北へ二十五キロ
福島県南相馬市北泉海岸
サーファーの姿もフェリーの影もない
世界の音は絶え
南からの風が肌にまとう
われわれが視ているものはなにか

（『北緯37度25分の風とカナリア』〈弦書房、二〇一〇〉所収）

これも、ものすごい作品である。念のためタイトルなどに年号を加筆する。原町市は南相馬市へと変わっている。これを収める『北緯37度25分の風とカナリア』は、もう原発について多く書くまいと、著者が決意して出された詩集だという。それでも柏崎刈羽原発の（地震による）事故に際して、長編詩「恐れのなかに恐るべかりけるは」（引用省略）を書かざるをえなかった。作品名「恐れ……」が『方丈記』（鴨長明）に由来すること、その意味するところについて、説明を要しないと思う。

恐れのなかに恐るべかりけるは

地震《なゐ》なりけりとこそ覚え侍りしか

詩集のタイトルの「カナリア」についても、多くを語る必要はあるまい。ならば、北緯37度25分とはどういうことか。東電柏崎刈羽と、同福島第一とが、同じ緯度線上にあると言う。計画された珠洲《すず》原発もまたほぼ同じ緯度にある、と。若松は油田、ガス田の位置、水力発電所をしらべて、北緯37度ゾーンがエネルギー供給地帯になっていると突き止めてゆく。

以前に、在日の詩人、金時鐘が『新潟』（構造社、一九七〇）を書いて、北緯38度（言うまでもなく南北分断のライン）線上にある新潟を長編詩のモチーフとした。それを思い出させる。

沖縄の詩人たちがオキナワを書きつづけるように、福島の詩人たちは（ちいさな子が最初に「ゲンパツ」という語を覚えたという、その）フクシマ（の原発）を書いてきた、そして今後、否応なしに書きつづけることになる。「みなみ風吹く日」は一九九二年に1が書かれた。2（二〇〇七）は、東京電力が事故責任というのか、事実を認めだした段階で書かれ、あわせて一作品をなす。『福島原発難民』（コールサック社、二〇一一）の巻頭にも収められている。

一九六八年に東北電力が、浪江町に原発の建設を決定したとき、舛倉隆（「みなみ風吹く日」に出てくる人）は、それから三十年、亡くなるまで、建設計画に反対しつづけ、所有地を反対者の共有地として登記することによって守りぬいた。いや、守りぬいたか、たぶん守りぬくことになろう。

二〇一一年三月の福島第一の「原発震災」（とは石橋克彦の命名するところである）のあとの、若松の一文「人類は百万年もの〈存続する義務〉を果たせるか――〈いのちの継承〉と〈精神のリレー〉とを」が『福島自由人』（二十六号、二〇一一・一二）にあるのを見いだした。副題の〈いのちの継承〉〈精神のリレー〉は言うまでもなく島尾敏雄そして埴谷雄高に負っている。その『福島自由人』誌は、特集「3・11！　美しい自然と精神の継承を信じて」を組む。

飯舘村では、四月十一日、小中学校合同で、白い雪の中、入学式を挙行したという。「みなさんにすまない、大人の責任です」と、村長さんの挨拶である。「東北大地震による福島原発の環境放射能測定値」というデータを、福島の詩人から送ってもらった。飯舘村の三月十五日午後七時の時点で四四・七〇マイクロシーベルト／時とある。その合同入学式の日には午後二時の時点で五・四二マイクロシーベルト／時が子供たちの上に降りそそいでいた。あとから聞くと、公表してはいけないデータだったらしい。

飯舘村のワンポイント（長泥地点）で見ると、なんと三月十五日午後七時に、一七二・六五マイクロシーベルト／時という異常な高さを記録している。福島市の同時刻に見ると、二三・八八マイクロシーベルト／時であり、四月十一日にはほぼ二マイクロシーベルト／時。これは東京で五〜六月ごろに私が、立正大学大崎校地（私の勤務地）ほか、あちこちで測った数値の約十倍である。積算すると子供たちのうえにいったいどれほどの放射性物質が降りそそいだか。

2　クレマチスの会からの発信

福島市の詩関係の同人仲間のあいだで、月に一度の例会（クレマチスの会）に出された一作品が、だれもの思いを代弁していると、コピーのままに何百部か、全国へ読んでもらいたいと、発送された。仲間の作品をそのようにして全国へ配布するとは、めったにあることでない。例会に出された十二月の作品を、お願いして送ってもらう。一つ一つ、もしできるならば県外のひとに読んでもらいたい、でもわかってもらえるだろうかという、そこにあるのは心の声と言うほかはない何かだ。
九月のそれは、添え状に「……グループ内で話題になりました。このことから、東京電力福島第一原発事故のあとに渦巻く重苦しい状況を、小さいながらも各機関、各位に発信し、ご理解を頂くためにご送付申し上げる次第でございます」（クレマチスの会顧問太田隆夫）とある。

漂流する秋（九月例会作品）　内池和子

あきあかねが　きみどりいろの目を　ひからせながら　むれてとんでいたのは　いつ
もんきちょうが　風に　ふかれるはなびらみたいに　つがいでとんでいたのは　いつ
かなへびが　石がきのすきまに　こけいろにひかりながら　はいこんだのは　いつ

こんなにあつい日なのに　蟻がいない　うちのまわりに　蟻がいない
蜂のむくろに　蟻がこない
蜘蛛だけが　たまつばきの葉かげのちいさな巣で　やせながらじっとうごかない

いつもの古巣が　どうしても　見つからなかったつばめは　早めにもう旅立ったのか
すずめたちは　稲田のほうに　むれているのか　日ざかりの盆地は雲におおわれ

かわらがずれ落ち　かたむいた屋根屋根には　からすもいない

わがものがおの　たけ高いざっ草のしげみで　こおろぎたちが鳴いている
車がきしむ音がする　すこしむこうで　ねじれた家を解体している音がする
あの日の　深い海底でずれおこった音が　耳のおくを　ごうごうゆする

ゆすられながらまっくろの煙にも似た　がれきの波の巨人が　億万の手をひろげ
二万の命を　ありえたはずのたくさんの未来を　ひきよせひきよせ　たくしこみ
海底なる　造形の主に供御する図が　眼のおくを点滅する

いや思うまい　ひたすら合掌し　鎮魂を祈ろう　死者たちを忘れまいと
人智など　歯牙にもかけぬこの球の営みのたしかさだけに思いをいたし
この球に生かされている万物のいのち　その営みを侵すものを忌避しよう

あの日　人間界だけに　いまだありえない福を生み出し　いまだありえない幸いを
もたらす神として作られ君臨したモノは　海底のうなりにその神殿のとびらを
音高く開き　きわめてきわめて静謐にいわしろの大地をおおいつくした

いま年若い親たちは　耳をそばだてる　もし音で聞こえるならば　音で聞きたいと

いま年経た人たちは　目を見開いて見たいとねがう　もしも見えるならばと
人々は　まどいにまどう　万物の命をおびやかす　目には見えぬ　聞きなれぬモノに

モノは大地にひそみ　眠らず老いず　限りあるいのちあるもののすきまに
すべりこみ本来の姿を変えさせるという　まるで伝説の魔性のものではないか
されば伝説に習い　未来永劫地下深く幽閉してしまわねば　人は眠れない

おさなごとともに若い親たちの眠りが足りる日々はいつくるのか
世界中を震撼させたフクシマのモノが舞い降りた大地を　素足で走れる日々は
いつくるのか　この大地がもたらした実りを躊躇なく味わえる日々はいつくるのか

開け放しの家々から　おさなごの澄んだ声が聞こえていたのは　いつ
灯ともし頃　こどもたちに夕餉を知らせる呼び声が聞こえていたのは　いつ
木を炊くにおい　草いきれ　きままにうろつく犬たちがいたのは　いつ

人はもう　かつてのつつましい日々には　もどれない
世界中の物事を瞬時に見うる映像や　音のない世界にはもどれない
体臭のしない互いの映像でつながりいやしあういまからは　もうもどれない

いまを漂流するフクシマの大地で　私たちは　なつかしい情緒の日々に別れを告げ
未来への水路をみつけなければならない
滅びようとしているたくさんの種と共生できる未来を　沈黙させてはならない

難解なところはないと思うが、「かなへび」はとかげに似た爬虫類、「モノ」が何を意味するかは言うまでもない。つばめたちは帰る巣を知らず、蜘蛛は痩せて動かず、幼子の声は聞かれない。地上の生命は、何も人間だけが驕り生存しているのでなく、『古今和歌集』の序をどう読むか、古来議論されていることながら、「生きとし生けるもの、いづれか歌を詠まざりける」、仮名序の書き手は全人類という意味で「生きとし生けるもの」と言ったのだろう、しかし読者たちは、鶯も歌を詠むじゃないか、蛙だって歌を詠むじゃないかと感じてきた。地上や海中の生物たちを災禍が飲み込んだあと、モノの吐き出す汚物によって、今後の途方もない歳月を、福島県を中心に日本列島と周囲の海とは、追い詰められねばならない。「死の町」は禁句（比喩の禁止）だろうが、チェルノブイリを見たことのあるひとたちならば、その言葉を思い飲み込むしかない。チェルノブイリ級の被害であることを比喩の禁止で表現する、このことは詩の言語の発生に深くかかわることだ。

新聞『福島民友』の「編集日記」（二〇一一・九・二六）には、クレマチスの会の別のメンバーの作品「時の送り」の一部が引用されている。「汚染を免れた物も、ごく微量な物も、ひとからげにされ潰《つぶ》される　風評という時が送る恐ろしい風の言葉」と。これも全文を手に入れたので、掲げてみよう。

時の送り（八月例会作品）　松棠《しょうどう》らら

一秒、一分、線量計を借り放射性物質量を計る。
雑草が茂る庭の真中は、無風の高さ一ｍで、
一・三μシーベルト／ｈ。原発爆発から五ヶ月と二十日。
爆発時に満開の梅の実は落下したまま果て、来年の花に不安が。
二ヶ月目には耐え切れず窓を薄めに開け、黴と虫との繁殖を防ぎ、
乾燥に二時間の洗濯機にはもう頼らず八月からベランダに干す。

一秒はセシウムを使って定義されている。

京都五山、盆の送り火は誕生日の前夜、毎年テレビで送る。
今年は陸前高田市の松の薪を大震災の犠牲者の冥福を祈り
燃やされる予定がセシウムが検出され抗議殺到で中止となる。
福島市民は毎日五ヶ月以上吸い続けています。
薪に書かれた被災者らの祈りを書き写した……
鎮魂の念、意味と形は、もはや観光行事になってしまったのでしょうか。
多数の行方不明者と身元不明者を残し燃えている送り火。
京都は遠くなりました。

世界標準時の基準は
世界各地の三百個のセシウム原子時計を
同期させ維持されている。

他都県に送る電力が、人災によって撒き散らす塵芥に、
汚染された食に関わる物、努力と工夫を重ねた各々の場所。

汚染を免れた物も、ごく微量な物も、
ひとからげにされ潰される
風評という時が送る恐ろしい風の言葉。

この詩には複雑な課題が捕捉されている。風評（うわさ）は私の所属する、日本口承文芸学会などでの重要なテーマの一つ。それが「風評被害」という言い方で悪用され、「風評」が、でなく「風評被害」という語が被災地を追い詰めてゆく、ちょっとこの現象には論評しようのない無惨さを感じる。的確に『福島民友』の「編集日記」子が書いている。「それなのに県民を取り巻く環境はどうしてゆがんで伝わるのだろう。愛知県日進市での花火大会で、川俣町で製造された花火が使われなかった。放射性物質の拡散を心配する市民の声を反映させたという」。

汚染食品を子供や妊婦には避けさせるべきだという事態（県内だろうと県外だろうと事情に変わりは

ない）と、ゆがんで伝える県外の心ない悔しい無慈悲さとは、まったく別個のことがらに属する。この場合の「風評」は、ヤラセとか情報操作とかに類する（おなじではないが類する）ことであり、日本口承文芸学会で取り扱い不能の課題ではないか。「京都は遠くなりました」とは悲しい一句だ。京都は私（『源氏物語』研究）の商売道具。一刻も早く福島と仲直りしてほしいと祈るしかない。

五月になり、ブルガリアでタクシーの運転手が、降りようとしている私どもに小さな声で、心配そうに「フ、ク、シ、マ」と一言。

3　五十嵐進の句、文

中通りや浜通りから県の西部へ避難したひとは多い。名だたる豪雪地帯の冬を迎えて、どうやったら暮らして行けるのか、過酷な生存をしいられる。五十嵐進は俳人で、喜多方市に在住するひと。この七月に書かれた「農をつづけながら……フクシマにて」という一文を、東京の『らん』という俳誌が転載していて、私も、自分だけが読むのであってはならない気持ちになり、何十部もコピーを作った。中央の総合誌に識者たちの評論があふれていたころ、五十嵐は俳句を織り込みながら、

あゝ以後は放射能と生きてゆくのかあやめ
月を見る放射能で眼くもるぞ

放射線に色を！　極彩色の故山かよ
黒澤の「夢」の赤富士セシウムの青
無味無臭無色で降ってくる怒り
怒りつつ平常心で見る若葉
御用学者といわれても守れ子どもは

と、こんな表現者の声を発信していた。このように五十嵐は書き出す。

人間は情報によって告発すべきではない。その現場に、はだしで立った者にしか告発は許されないというのが、私の考え方である。

——とは、私、五十嵐のことばではない。ない、がかつてこの一文に遭遇した時の共振の思いはいまもつづいている。

「現場に、はだしで立った者にしか告発は許されない」とは詩人、石原吉郎の引用だ。五十嵐は書く——

私は会津・喜多方に住み、昨年社会的な職も人並みに勤め上げて、今は土を耕している。父祖伝来の土である。この土が三月十二日の福島第一原子力発電所の水素爆発により吐き出された放射性物質によって汚染の土と化してしまった。一〇〇㎞離れた地点とはいえ、爆発前にはなかった放射線の数値が毎日検知されている。〇・一五マイクロシーベルト／時前後の数値である。高い数値の土地と比べれば低い数値かもしれないが、それは相対的な問題である。爆発前の数値〇・〇三くらいの数値からすると五倍、と思えば安心してはいられない。まず、子どもや孫に送っていた土地の産物は送ることはできない。小さい子どもに遊びに来い、とは言えなくなってしまった。芋掘りをさせよう、とうもろこしを畑からとってきて七輪で焼いて醤油を塗って食べさせよう、畑から西瓜をとってきて小さな手で包丁を持って切らせよう。その歓声を、その笑顔を見られない。何年後かに死ぬ、死ぬまでの生涯のささやかなたのしみを奪われてしまった。近くでテント生活も計画していた。それももうできない。一瞬にして奪われてしまった一人の男の無念さ。それで済んでいる、と言われればそうである。故郷を追放された人達さえいるのだ。そう思いつつも、いまある自分から考えるしかない。土を起こし、畝を作りながら考える。耕して放射性物質を鋤き込んでしまっていいのか迷いつつ。

巧みに操作されている情報を消去・訂正しつつ考えなければならない。それは普通にテレビ、新聞の情報でもわかる。「後出し」である。じつは当局はそんなことは当初からわかっていたのだ。東京電力は「事故」発生から二ヶ月以上も過ぎた五月十五日、福島第一原発一号機のメルトダウンを公式に認め、二十四日には二号機、三号機もメルトダウンしていたことを認めた。翌二十五日には一号機、二号機の原子炉格納容器に七〜一〇㎝の穴が空いていると、大変な事実を、私の印象からすると、いともあっさりと発表。これを爆発時に発表していたら日本中はどのような反応をみせただろうか。世界の多くの人に感銘を与えたという東北人の礼儀正しさ、我慢強さ、をここでも発揮しただろうか。当局は意図的な情報操作で大パニックを回避したのだ。後日、首相補佐官だった細野豪志が「パニックを回避するためだった」と認めている。放射能拡散予想データ（SPEEDI試算）についても、震災直後に飯舘村などの大量被曝を予測できていたのにデータを隠していた。なんという人心操作であろうか。このことによって浜通り、中通りの多くの人々が、逃げれば避けえた被曝線量を過剰に浴びることになったのだ。（中略）

私は次のことばが忘れられない。郡山市の小川芳江さんの文中のことば。「その主催者の方はすごくいい人なんですが、（会が）終わって私と二人っきりになった時に『いや、うちの孫、将来お嫁さんもらう時に福島の人はもらえないなあ』って」（「DAYS JAPAN」7月号）。忘れられない。これが本音なのだ。今だけの沈静を求める政治屋には一〇年先、二〇年先に起こるだろうこういう福島県人差別はまったく見えないだろう。ヒロシマ、ナガサキに起こったと同じ新たな被曝者差別がきっと出てくるだろう。悲惨なことだ。これはそんな先の話ではない。もうすでに、福島県の男性と結婚しようとした女性の親が福島に住むことになるのならこの結婚には反対だと言って事態が膠着しているという事実がある。小さくは福島ナンバーの車への理不尽な差別をはじめ日本人はやるのだ、こういう闘うべき相手の錯誤の中で愚かに同士討ちする卑小さの露呈を。

（中略）

私はあの水俣の被害者のひとりがチッソのお偉方に対して言った言葉を怒りを込めて思い出す。「銭は一銭もいらん。会社のえらか衆の、上から順々に、水銀母液ば飲んでもらおう。上から順々に、四十二人死んでもらう。奥さんがたにも飲んでもらう。胎児性の生まれるように。そのあと順々に六十九人、水俣病になってもらう。あと百人ぐらい潜在患者になってもらう。それでよか」と言ったことばを思い出す。私はそのぐらいの気持ちである。大金持ちの企業には倫理というものがないのか。（下略）

（『駱駝の瘤』通信二号、二〇一一・七）

4　和合亮一のツイッター詩など

阪神淡路大震災（一九九五・一・一七）は午前五時四十六分だった。もう三十分遅ければ、博多に向かう「のぞみ」が通過中で、惨事を免れなかったろうと言われる。新聞配達の方がかなり亡くなっている。通勤者たちを襲ったはずの不運をかれらが引き受けた。神戸は街路樹が発達して、風を弱め、防火にこれ努めた。一本の樹が一軒ずつ、家を護ったと言われる。電話、手紙、小包、義援金、救援物資、ヴォランティアの殺到は、日本中や世界が、神戸を孤立させないことを示した。全国的には「自粛」という動きもあった。サラエヴォから援助物資。モンゴルから毛布。ロシアからも、北朝鮮からもお金。中国からは豊富な物資。スイスからも、フランスからも、救助隊、救助犬。避難所になった各学校での慣れない教員たちの奮闘。しだいに疲労と化してゆくにしろ、六千人というものすごい犠牲者を出しながら、そして死者一人一人を含め、みな英雄的に奮戦していた。（このあたり、中井久夫『清陰星雨』〈みすず書房、二〇〇二〉による。）

いまから思えば名著と言ってよい、『大地動乱の時代』（石橋克彦、岩波新書、一九九四）は、地震学者による大震災への警告である。神戸大学教授だった石橋は、もしこの直下型地震のうえに、たとえば淡路島に原子力発電所が乗っかっていたらば、という想定を開始して、Genpatsu-Shinsai（原発震災）という語を作りだし、各方面に訴えていった。震災ではないが、茨城県東海村のＪＣＯは恐るべき臨界（核分裂）によって、中性子線の発生が数十キロにわたる住民を避難させるという、あってはならない事故を起こした（従業員に死者二名を出す、一九九九）。原子物理学者として早くから反原発を訴えてきた、高木仁三郎は、その事故を見届けて亡くなる（二〇〇〇）。

「ヴォランティア」（ヴォランティアリズム）、「癒し」、「心のケア」といった、一九九五年以後におもに浮上して、空白と言われた九〇年代をたしかに充塡し、ある種の息の長い流行語となったそれらの語が、二十一世紀に入り込んでいる。八〇年代ポストモダンに踊ったひとたちには、「ヴォランティア」も「癒し」も「心のケア」も、語としてちょっと剣呑であるものの、阪神淡路大震災のあとになって定着したと考えられる。こんにちのような「がんばれ何々」という恥ずかしいかけ声が、そのときもなくはなかったにしろ、ある週刊誌は「ぐわんばれ神戸」と、やや恥じらいを垣間見せていた。当初、ナショナルな言語が、高度の思考をこれまできちんとやってきたはずのひとたちの口から飛び出すのは、まあ仕方のないことだ。だれもが真摯な表現や、将来を見通した発言に飢え、それらを求めているときに、無責任な言動が飛び交うことは慎んでほしいな、とまただれもが思い、求めて、結局は多数派の「意見」に従ってしまいそうなわれわれだった。

日本文化を壊滅させようとする悪意が凝り固まったような、二〇一一年三月十一日の大震災が襲う。三陸沖、仙台平野沖、磐城沖と断層が走り回り、巨大津波が、貞観のそれ（八六九）と安易には比較できないものの、日本歴史の悪夢を現出させ、ついで福島第一原発の、次から次へと誘発する水素爆発、あわただしい菅直人総理ら政府サイドの動きを見ると、メルトダウン（炉心溶融）は免れていないと推測され、最悪の事態をも覚悟すべきか（菅直人もおそらくそう考えたろう）、千葉県市原市では石油タンクの炎上、須賀川ダムの決壊。二重苦、三重苦であり、大パニックを起こさせないためには、報道官よ、細心の注意を！と祈りつつ、いち早い避難指示は政府が情報を摑んでいる証拠と見られ、もっと素速くなされるべきだとは五十嵐の言う通りであるにせよ、東電の現場社員（下請けのひとびとを含む）ら、東京消防庁の職員、妻も恋人も自分にはいないから、と志願して現場に向かう独身自衛官、公務員たち、かれらは津波の押し寄せるなか、現場を離れることなく誘導その他に従事し亡くなった職務や教務のひとびとと同様に、世界そして日本社会から深く謝意を捧げられるべきと信じられる。

五月の〈新〉学期（二〇一一年度）を迎え、私は若者たちの未来へ向けて、考えなければならないこと、引き継ぐべきことについて、よい論文などを見つけるたびにプリントにし、ときにはコピーのままで、全科目にわたり配布し、考えてもらい、レポートでは成果をお願いし、日本古典から現代の日本文化論へそれらはおよび、高木仁三郎、石橋克彦らのしごと、海底考古学の成果（東北学院大学河野幸夫らのグループ）から、新進社会学者による原子力ムラの研究（開沼博）に至るまで、三ヶ月、かなりへばって七月にはぐったりもしたし、陰からは非難が聞こえてきそうで、それでもよい書き物はないか、特に震災以前において予感的に日本社会へ向けて警告しつづけていた、それらを見つけては、後出しじゃんけんの様相ながら扱った。書店には紙媒体が復刊されるなどしてあふれ出しているときであり、それはそれで情報過多による混乱で、「象徴的貧困」（ベルナール・スティグレール）の見本みたいなことであり、それらの情報を交通整理してみせるのも、長年にわたり日本文化論に従事してきた、一文学教師としてのさいごの役割どころかもしれない、という思いがしてつづけた。

大震災の被災地である東北東部全域と福島県との諸関係、北東北と原発震災の南東北との諸関係、そして福島県外（日本社会）と福島県内とのあまりにも激しい温度差という、列島をねじれさせる感情の起伏を整理しようもないままに、二〇一一年がはや暮れようとするなかで、被災地全域から発信される言説のかずかず、および福島県内からつぶやき出てくる言葉のかずかずを、丹念に虚心に日本社会が受け止めることは、原点回帰と言うべき必要なわれわれの精神活動ということになろう。人間模様というか、むきだしになり、抑制もされる感情の起伏じたいが、被災地、そして福島を起点となることもまた言うまでもない。子供たちの健康、孫たちの将来、子々孫々の蒙るこれからの差別を思うにつけて、親たちの無念は持って行き場がなく、高齢者は高齢者で先祖の霊に対して申し訳なく、互いを、自分を責める（われこそ加害者だと言う）言語がいろいろ聞かれるなかに、県外（圏外）へとどけさせてぜひ広く聴いてほしいという声も広がりつつある。

関東ないし東京にある諸大学では、対応が真っ二つに割れて、四月新学期開始、五月開始と、ばらばらになったのは仕方がない（立正大学は後者）。四月に、新入大学院生を招集してガイダンスをしているときにも余震があり、危険の収まったと言える状態でなかった。しかし、学部新一年生を自宅（ないし下宿）待機させたまま一ヶ月を放置することも、教育的損失は計り知れない。在校生の安否確認は最大限早急になされなければならないことである（都内のあるマンモス大学は三月いっぱいであらゆる手段を尽くして全教員、全学生の安全消息を把握し切ったという）。日文専攻コースでは四月十三日と二十日と、二度に分けてプレヴィジョン講座を開催し、老教授たちが出講して、ささやかな入学式代わりの専攻集合（在校生、大学院生を含む）となった。はがきの作成から教室の確保に至るまで、文学部事務局各位の多大な尽力、理解があってのことである（深甚の感謝を表明したい）。そろぞろと新入生たちが、ほぼ全員、姿を見せたときはさすがにうれしかった。

爾に高天《たかま》の原皆暗く、葦原中国悉《ふつく》に闇《くら》し。此れに因りて常夜《とこよ》往きき。是に万の神の声は、狭蝿《さばへ》那須《なす》満ち、万の妖《わざはひ》悉に発りき。

（『古事記』上）

和合亮一が、あたかも「うましあしかびひこぢ」神のごとく、あるいはさばえなす草木の言語のごとく、ツイッター詩によって思いを発信しつづけていた。和合は一九六八年福島県生まれ、いま福島県内で高校教員である。『After』で中原中也賞など、詩人として、もう新進と言えないかもしれないにしても、今後を活躍してもらわねばならない。その和合が、かつての赴任地である南相馬市の被災を含む、未曾有の震災、ならびに原発震災に際会して、表現者でありつつ、いったい何をすればよいというのか、数日の虚脱状態のあと、ツイッターをあいてに、言語の発生と言うべきだろう、つぶやきはじめた。いま『詩の礫』（徳間書店、二〇一一・六）に拠って見ると、三月十六日に第一声が発せられたらしい。私は三月のごく終わりになってそれを知り、キャッチすることができた。返辞の仕方などを私は知らなくて、それ以上、追いかけることはできなかったが、この大災害のなか、和合の発信が多くの方を励ましていたことを確認するとともに、私も何とか応えたいと思った。新しいメディアによる声だと私には思えた。

行き着くところは涙しかありません。私は作品を修羅のように書きたいと思います。

放射能が降っています。静かな夜です。

ここまで私たちを痛めつける理由はあるのでしょうか。

数分おきに発信せられ、フォロワーが読むことにより、それらはこんにちの段階で三冊の詩集『詩の礫』、『詩ノ黙礼』（新潮社）、『詩の邂逅』（朝日新聞出版）という紙媒体、つまり書物のかたちになっている。混沌のなかから言葉が立ち上がる、引用箇所はみぎの箇所でよいのか、「……国稚く浮き脂の如くして、久羅下那州多陀用弊流《くらげなすただよへる》之時、葦牙《あしかび》の如く萌え騰《あが》る物に因りて成れる神の名は、宇摩志阿斯訶備比古遅《うましあしかびひこぢ》神」のほうがふさわしいのかとも思えて、不謹慎なら取り消すしかない。蝿のように言語が生まれ、つのぐむ葦のように発せられる、原初の動機をツイッター詩に求めたい。

声、言葉　次代へ

1　亡霊の跳梁と3・11

日本社会が亡霊に取り憑《つ》かれている。政治家たちに取り憑く亡霊、企業のモラルを見喪わせる亡霊、御用で学者たちを誘惑する亡霊、……。重大ミスをなかったことにしたり、不適切な発言をすぐに取り消したり、謝罪すれば許されると思ったり、すべて亡霊のせいではなかろうか。逆のことも平気でさせる。だまって出荷してしまえば、そしてばれなければ済むのに、線量が基準以下だと言い張ればよいのに、亡霊が邪魔をして、それをさせない。

われわれを追いつめ、避難小屋へ追いやり、故郷に帰らせず、場合によっては墓を避難所に、堆肥小屋の壁に遺言をと、狂い立つかれらの跳梁をまえに、なすすべがない。

しかも、その跳梁はますます日常化する。亡霊たちのなす行いのほうが、しごくまっとうであるかのように見えてくる。「比較の亡霊」と言ったのはベネディクト・アンダーソンだが（『比較の亡霊《スペクターズ》』という著書がある）、日本社会は比較という理性を奪われ、みんなしてこの島弧で、絶対という麻薬に漬かっている。以前なら、悪鬼や亡魂に対して立ち向かうのは芸能者たちだった。現代風に芸能者たちをパラフレーズすれば、ミュージシャンやアート、映画制作や演劇の言語、そして詩や短歌、俳句の仲間たちもはいってくる、――芸能者とはかれらのことだったかもしれない。渾身、現代の表現者たちは立ち向かった。しかし、大部分と一部分とに分ければ、立ち向かう人数が少なすぎる。一部の心あるひとは立ち向かった。しかし多数派は、亡霊の囁きに負けて、被災地を、われらの難民を、「もうよいでしょう」とばかりに見捨てつつある。またその逆に、亡霊はひとびとの良心に対して呼びかける、「他人の不幸を材料に〈商売〉してよいのかね」と。

芸能はだから敗北する。壊滅せる日本文化を、その魂を取り戻す方途が隠されて、見いだせなくなる。復興でなく、復活するための儀礼を手元にのこしているか。だれが答えられる？　この島弧を巨大な能舞台だと例えてみよう。仕手（演じ手、シテ）と見手（観客）と作り手とを結ぶのは、ただひたすら〈現在〉であり、そのために能舞台がある。

阿部岩夫が一九七〇～八〇年代に、何度も連れて行ってくれた黴宵の黒川能（鶴岡市郊外）を、いま思い出すことにする。王祇《おうぎ》さまとはしゃれているが、実際には大きな扇《おうぎ》が押し包《くる》む神聖な舞台のまんなかで、神の子が誕生する。終始、祭祀のかたちで、神の降臨のもと、初番目から、二番目もの、三番目もの、四番目もの、五番目ものと、狂言を差し挟みながら、修羅、悪道の、あるいは遊女、物狂い、怪物や海彼の主人公たちが、呼び込まれては舞い、仕草を演じ、苦患を語る。亡霊たちが恨みを伴い、妄執とも称して、救済されることのない永遠性を能舞台に括りつけると、幽暗所へ消え去る。

近代はしかし、能舞台を形骸化した。過去と現在とをきっちり分ける、近代主義によってうまく制御され、無難と化した演劇であることによって、いっときの過去を表象する代物でしかなくなっている。亡霊たちはどこへゆけばよい。3・11はかれらにあらゆる出口を許したかのように見える。3・11が東日本の海岸線のくまぐまに広がる、文化の原型を壊滅させ、悪鬼の世界、亡魂のこちらがわへとわれわれを引っ攫《さら》い、粟のように散種される、わが亡霊たちがわがもの顔に棲みつく悪趣に仕立ててやまない。民俗をゆたかに育んできた、〈現在〉を喪失することの不幸は、われわれの人生的経験をなきものにする、〈時間〉の破壊であり、そこにもはや哲学は再生しない。

天皇制はどうしようか。二千年にわたる、王政のすえであり、途上に『太平記』の時代や幕末期のような、尊王思想がつよく蠢動《しゅんどう》するときもあり、東アジアで天皇制をのこしてきた日本社会である。唐突ながら思い出すべきこととして、近代史上の戦争を神々の責任に仕立てて、みずからは人間であることを宣言した昭和天皇が、各地を巡幸しつつも、ついに謝罪しなかったことに戦後の天皇制は焦点化される。一歩も昭和天皇が沖縄に上陸できなかったことを思い出そう。とともに、現（今上）天皇は皇太子時代から沖縄へ足を何度も踏み入れてきた。一九七五年七月、昭和天皇の代理という側面があったにしろ（大きな上陸阻止運動があった）、皇太子（現天皇）、同妃が、ひめゆりの壕より湧出した沖縄解放準備会のメンバーらにより、足下に火焔瓶を投げられたことは、現代天皇制への転換点となる契機になったように思われる。

3・11に対して現天皇がどう向き合うか、

誰びとか、民を救はむ。天皇《すめろぎ》は老いの身ふかく跪きます　（岡野弘彦）

とは、そうか、もはや若からず、昭和天皇の巡幸に重なる、〈すめろぎ〉の被災地訪問はたしかに計算のうちにある。大震災の直後において、天皇の力を借りる必要がややあるのではないかと私の想定したことは（『東歌篇――異なる声 独吟千句』反抗社出版、カマル社発行）、いまに難詰があるかもしれない。しかし、広大な皇居地を被災者たちのために開放してもよいのではないか、史上にときにあらわれる英邁な天皇のすえにつらなるか否か、昭和から平成への歴史が試されている。実際には那須御用邸の風呂場を被災者に提供したそうである。よいではないか、天皇制よ、もって瞑すべし。

自衛隊の平和的利用などということは、ありえないのだ。ともに、道路の優先確保など、軍事訓練と不可分の様相を呈するにしても、被災地の、まさに戦場のような、と言われる募る困難に際して、「国難」と称し、志願してくる若い自衛隊員らの表情を窺うと、かれら、彼女たちに恃《たの》むほかに有効な正当防衛（災害出動）の方法がないこともたしかだった。およその十万という〈兵力〉の投入によって、瓦礫のしたから少なくない人命が救出されたこと、および捜索活動は、関東大震災時（一九二三・九・一）の軍隊の出動が、作家たちその他、庶民に至るまでに広く感謝されていたことを思い出させる。医療関係からは野戦病院の様相を呈していたとつぎつぎに証言をいただく。

学校関係者にとっての3・11は、卒業直前で生命を奪われたひと、有為な未来を断たれる子供たち、教職に殉じた各位、のこされた遺族、だれにとっても、まっこうから振り下ろされる悪鬼の斧に教育の挫折を思い知らされ、敗北感にうち拉がれる。大学三年生にとっては、卒業論文の構想に取り組み始めた矢先なのに、用意した資料もコピーの山もUSBメモリーも海底深く沈んだ。定年直前、あるいは離任式を控えた先生たちの、教育的人生をまっとうしえなかった自分たちの無念はそれとして、教え子を喪う悲しみは普通の想像を超える、日本教育はかくして壊滅する。

2 県外からの心なさ

同朋という語を使用しようか。私にはまだ使うことを知らない語だった。しかし、ほかに適切な語が見つからない。「同胞」といえば、実際であろうと、擬制としてであろうと、きょうだい（兄弟姉妹）を言う。金時鐘詩人は、吹田操車場の軍用貨車を、一時間でも、二時間でも、ストップさせるために仲間とともにスクラムを組んだ。一時間でも、二時間でもストップさせることが、朝鮮半島の「同胞」のうえに爆弾が降りそそぐことから、一千人を助けられるという計算である（佐藤泉の著書〈『戦後批評のメタヒストリー』岩波書店、二〇〇五〉による）。その意味での「同胞」という語を使うことはできないにしても、同朋という語ぐらいなら、被災地の困惑に対して、いま日本全国のひとびとが支援にまわる、その仲間意識をあらわす語として使ってよいのではないか。

ところが、「同朋」たちは、あろうことか、被災地を心内から切り捨てようとし、無音のままに差別し、かれら同士の温度のない会話のなかに、被災地の話題がはいってこないようにと、互いに慎みあっている。つまり、被災地は不幸に見舞われたのだ。不幸を部外者が話題にすることは、はしゃいでいるかのようであり、慎むべきことではないか、と。また、それに類することで言うと、震災をテーマにする、たとえば3・11を巡って自分の所属する学会の若手理事が「震災と文学」特集を企画しているのを知ると、年配の理事たちの胸が痛む。文学研究者たちの研究は多く他人の〈不幸〉を材料にして成り立ってきた。そんな、文学者たちの不幸を食い物にする研究は、しかし一葉や藤村や芥川や多喜二をあいてにならば、もう過去のことだからと、自分に許してやってきた。

過去でなく現在進行の、起きてつづいている〈不幸〉を公共の場でテーマにすることだけは、何としてもやめてくれ、という思い。

私もまた部外者、被災地外の人間だ、たしかに。自分の土地勘は最初、関西にあり、ついで東京、関東までであり、北〝東北〟を始めとする、民俗の原型と称してよい、だいじな基層であることは認めても、東北語が分からない。『万葉集』時代のこまやかな言語が東北語の基層にあって（上代音の乙類など）、生き生きといまに行われている。でも、『万葉集』は私の〈商売〉であっても、そこから現行の東北語へやってくるための方法を持たない。東北人以外のひとのものする宮沢賢治論はなぜか勘を外していると私には思える。無論、私にできるわけがない。ようやく3・11のなかから宮沢賢治が見えてきたのは、私にとり奇蹟以外ではない。

震央が一つでなく、三陸沖から走り出して、仙台沖から福島沖へと、どれだけの距離を断層が突っ走ったか、福島沖からの津波が福島第一原発を直撃して、冷却装置電源喪失、炉心溶融、水素爆発、放射性物質の飛散、住民避難、帰宅困難という〈核災〉に至る。三年めにはいろうとする、今年（二〇一三）三月十一日の『福島民報』の一面中央に「15万4000人、いまなお避難」とあり、全紙面をあげて特集する。これと県外での、円安や好景気期待感のなかに「復興」が取り込まれてゆく総合新聞の論調とのあいだの、大きな開きはまさに「温度差、極まれり」と言うほかない。経済特需とはこれかという、情けない納得をしいられる。

福島県民への「いじめ」として、最大級のそれをかぞえるならば、全国の原発の稼働や再稼働という動きだろう。とともに、そのことがもしかして気づかれていないことにこそ、同朋たちの意識の外し方あるいは無意識での「いじめ」がある。稼働や再稼働は試算を繰り返してゆけば、この国の今後にとり必要としないという結論しかない。稼働や再稼働しないことが福島県民への支援となり、逆に、全国が稼働や再稼働に向かえば向かうほど、福島県民にとり、県外からの心ない仕打ちと感じられる。福島県民を切り捨てることで稼働や再稼働が強行される、とは福島県民に対し全国にもし同朋意識があるならば稼働や再稼働できない。われわれは一刻も早くこのことに気づくべきではないか。

推進派の言い分はいく重にも仕組まれ、組み込まれている。世界は依然として、途上国を始めとして原子力へ向かって進みつつあるとか、輸出産業としての原発から撤退することに不安があるとか、もしかしたらMOX燃料をすでに買い付けてあるとか、あるいはメンツという理由もあるか、熱核融合炉があとにひかえるということは小さくない理由だろう。推進から廃炉へと転換することには数兆円規模の費用を要するというような理由が理由になるだろうか。稼働や再稼働が福島県民にとり、県外からの心ない仕打ちだと、いくら述べられようと、推進派にとってはとんでもない言いがかりだと心に映る。

3　経験、記憶、想像力

日本社会はどこへ向かって舵を切ればよいか。3・11を記憶する装置がいま喫緊となっているのではなかろうか。一人一人が次代へ向けて用意する記憶はわれわれのためにではない、何十年ののちに、もしかして百年ののちにとって必要である。地震情報などを毎朝ひらいて、前震や予震を推測しておくならば、たとえば三陸沖ではないかという咄嗟の判断がまったく不可能でもなくなる。東京で数秒して一旦収まったあと、始まった激しい横揺れが止まらなくつづいた今回は、想像を絶する巨大地震であり、三陸沖から宮城沖、福島沖へと襲った。われわれはそれらの経験値をいま身体に刻み込まねばならない。「都市機能を分散させろ」とは、地震学の石橋克彦の早い提案だった(『大地動乱の時代』岩波新書、一九九四)。

テレビや携帯などでの警報とは別に、個人的な判断や地震への対抗措置がなければ、何のための過去からの経験、体験か。通常には、本震が東京なら東京へ伝わることがあるとして、余震までが大きく揺れることは考えにくいかもしれない。しかし今回は、四月にはいっても、余震じたいが東京でつづいた。巨大地震が富士山の噴火と連動することは過去から知られたことなのに、そういった地震や火山の活動を専門家の知識や判断に任せて、鵜呑みにする情報や警告あいてに、一般人としてぶうぶう文句だけを言うのでは、それでよかったのだろうか。一般のわれわれの責任をも問うべきはけだし当然のことだろう。

火山についても、気象庁の火山カメラ映像を見ていればよいと言えば言えるか、それだけではまったく不足であり、火山性微動ほかのデータが毎日、われわれに公開される必要がある。いよいよ、ある火山が揺動し始めた段階でデータを発表するというのでは、秘密主義の一種ではなかろうか。アトサヌプリから諏訪之瀬まで、知られるデータを公開しても、火山じたいは嫌がるはずもなく、公開することで中学生でも小学生でもの、子供火山学者や、将来の地震学者が育つことを考慮に入れれば、火山〜地震国にとり関心を高める要因になる。3・11をへながら、こういう側面でのシステムの改造が貧弱である現在には不安をかき立てられる。

地下世界への想像力の貧困ということでもある。石炭にとって代わるはずの石油が、四、五十年で枯渇するのでは？　私どもの少年時、信じたこととしては、石油資源が数十年もすれば、地球から枯渇するはずだということがあった。「『資源枯渇の恐怖』が原発を推進してきた」（小出裕章『原発のウソ』扶桑社新書、二〇一一・六）という点では私も推進派である。学習図鑑などからの知識とはいえ、石油資源が今後に潤沢か、用途は火力発電所、暖房、船や自動車の動力から、プラスチック製品、衣類におよぶというのに、その資源が枯渇するとは。実際に枯渇するかどうか、子供心の内なる不安としての〈枯渇〉にはリアリティがあった。しかし、専門家の言い分をいま探してみると、昭和二十五年の時点で、たとえば武谷三男編の書き物のなかに、「石炭の埋蔵量は約二千年分、石油は二百年分という。石油は石炭から人造されるので問題はない」（『原子力』毎日ライブラリー、一九五〇）というようなのがあった。それでも枯渇する日のために、というのが武谷らの原子力の平和的利用ということの論拠なのである。

軍事産業としてでなく、平和的利用としての原子力ということが、武谷らのつよい主張だった。とともに、軍事優先のさなかでの平和的利用であり、それらは不可分であることをよく分かっていたのも武谷らであった（『死の灰』〈岩波新書、一九五四〉そして『原水爆実験』〈同、一九五七〉を見よ）。まぎれもなく推進派であった戦後武谷らの平和意志のなかに、不可分のかたちで軍事原子力が構造化されてしまうことを、われわれはしっかりと見ぬく必要がある。原子物理学から平和的利用だけを唐突に切り離す湯川秀樹の何冊もの随筆的操作が、なんとしても歯痒い。昭和二十年代日本社会からの検証を、いま痛切にわれわれが求められている、ということではあるまいか。

『原発事故はなぜくりかえすのか』（岩波新書、二〇〇〇）と、高木仁三郎は問うて、「ＩＴの時代になっても我われが生きているのは、どこから言っても現実の世界です。コンピュータの中の世界ではありません。ところが、データが作られたり計算が行われたりするのは、今は全部コンピュータの世界になってしまっていますから、そこに一つの倫理的な問題の根があるのではないか」「データの改ざんや捏造の頻発を見るにつけても、何かしら倫理にかかわる根本的な歪み」を考えさせずにおかないと、ヴァーチャル・リアリティの進行に一つの解答を求めている。

枯渇に至る、埋蔵量の推定にかかわるいくつものデータじたいも、コンピュータの処理で出てくるのかどうか、ずいぶん開きがあって、しかも、当然のことながら、確実な数値を言い当てることはだれにもできない。ヴァーチャル・リアリティだったのである。それに反して、複数の再生可能エネルギー（水力を含む）や、豊富な化石燃料（天然ガスほか）の見直し、試掘、利用化が現実に進められ、新しい様相を呈してきたことには、数十年前の少年（＝私）からすると、胸に迫るこんにちになってきている。『さようなら、もんじゅ君』（河出書房新社、二〇一二・三）、つまり高速増殖炉は眠りに向かい、日本社会は原子力六十年余の睡夢から覚めるときを迎えつつある。

五月に、福島県内のお母さん五百人が、放射能災の基準値に関して、抗議のために文科省へやってきたことは（二〇一一・五・二三）、東京人や関東人の心底を揺さぶり、何ものかが呼び覚まされる結果をもたらしたと見られる。九月、「9・19さようなら原発集会」（明治公園、二〇一一）には、福島県内から多くの参加があり、武藤類子（三春町）のスピーチはそのあと『福島からあなたへ』（大月書店、二〇一二・一）にまとめられる。

私たちこそが「原発いらない」の声をあげようと、

声をかけあい誘いあって、この集会にやってきました。

首相官邸前／国会議事堂前抗議、関西電力本社前抗議が盛り上がってゆく動きには、福島県人のアクションに対して、何か応えなければ、という思いがこもっていたと知られる。金曜夜の抗議行動は、多いときで、四十以上の都道府県に広がっていたと言われる。高円寺デモは早くからあり（二〇一一・四）、渋谷駅前ほか各駅の都民投票署名、経産省前テントと、複数のアクションの輪が広がってゆく。従来型の大きなデモやイベントには、作家大江健三郎らの参加があり、インターネットや報道で伝え聞いた親子連れ、若者たちの、動員でなく、個人としての参入が広く見られるようになると、新しい様相を呈する。運営母体の年齢層などの違いから、いくつかの行動に分かれてきたものの、最近は協調する動きにもなっている。

4　何が起こっているか

震災が産む詩集やドキュメントには、たかとう匡子の仕事（阪神淡路大震災）、麻生直子の編（北海道南西沖地震）など、質の高さでのこってゆく。東日本大震災がどのように作品を後代へ括りつけてゆくか、未知数と言うほかない。クレマチスの会の例会（福島市、二〇一一・九）に出された一作品「漂流する秋」（内池和子）は、同人内部にとどめておくべきでないとして、コピーのまま、県内や県外へ発送されていった。

あきあかねが　きみどりいろの目を　ひからせながら　むれてとんでいたのは　いつ……

昨秋の『駱駝の瘤』通信四号（二〇一二・秋）については、『水素よ、炉心露出の詩』（藤井、大月書店）にふれている。ついで、今春の同五号（二〇一三・春）もまた苛烈だ。3・11二周年を特集する。木村幸雄（福島市）が若松丈太郎を論じる、そして石井雄二（同）も若松論を、磐瀬清雄（郡山市）が〈フクシマ考〉（その2）を、澤正宏（福島市）は「原発事故と短歌」、喜多方市の五十嵐進「農をつづけながら2013冬」、その五十嵐の新句集『いいげるせいた』（霧工房、二〇一二・一二）を秋沢陽吉（須賀川市）が書評する（秋沢にはほかに重厚な井上光晴論連載もある）。小田省悟（郡山市）は古川日出男論。東京、中央などでの、論客たちの議論を吹き飛ばすような、濃密な時間がそこに流れている。3・11二周年とはいえ、福島県内で、何が起こっているのか、地殻ならぬ、知の核心を振起させる何ものかがそこにある。

原発さえなければ
姉ちゃんには大変お世話になりました。……

木村は五十代の男性（相馬市）が堆肥小屋の壁に書きのこした言葉（二〇一一・六）を引用する。のこされた妻の、「お父さんは悪くないのに、何でごめんなさいなの」という、闘いつづける決意にもふれられる。そして、若松丈太郎の新しい詩文集の題名に促されて、自己を「原発難民」から

「核災棄民」へと規定し返す。木村は若松が「原発事故を裁く郡山民衆法廷」（二〇一二・五・二〇）で冒頭に陳述するのを聴きに行く。『原発民衆法廷③』（さんいちブックレット、二〇一二・九）によれば、若松は申立人として詳細な意見陳述を用意し（さんいちブックレットは一部抄出）、子供たちの「いま知りたいこと」（二〇一二・二・一八／一九）を引いている。

　ほうしゃせんを気にしないで外で遊べるのはいつですか？
　水道水を飲んでもいいですか　……

陳述する若松の背後には、先人や友人たち、闘いつづけながら亡くなっていったひとたちが、肩を寄せて集まり、耳を傾けていたと思う。かれらは子供たちのために、福島第一、福島第二の原発と闘ってきた。若松の陳述はかれらを代表する報告でもある。渡辺ミヨ子（田村市）、吉沢正巳（浪江町）、井上利男（郡山市）の申し立てがつづく。

原発関係の裁判はつぎつぎに敗訴するのがほぼ通例だろう。「福島原発裁判は最高裁までいって負けましたけれども、今になってパンチが効いてきた」（安田純治弁護士、二〇一二・六・一六、『今 原発を考える——フクシマからの発言』エコーする〈知〉、二〇一三・二）。対談あいてが澤正宏。『福島原発設置反対運動裁判資料』全七巻のもとをなした、厖大な資料が安田弁護団長の物置から出てきて、澤の解題により、クロスカルチャー出版から出版される。『今 原発を考える——フクシマからの発言』はその発刊を記念しての、安田、澤による講演会・対談の記録で、それに見ると、最初に公有水面の設立認可取消の裁判から始まった。原告二百十六名はいわき市から相馬市に至る住民であって、地元民であることがどんなに大変か、周囲や身辺から「アカ呼ばわり」されるなど、想像して余りあるものがある。

安田　最初の訴状は資料集にも収められていますが、昔のコピー機青刷りのもので、表紙はタイプ打ちですが中身は手書きです。その中でも、原発の危険性は一般論として述べていて、危ないものを造るのに公有水面埋立を認可するのは違法である、憲法違反であると書いてあります。（中略）

福島原発事故が起きた後、新聞記者が私を訪ねてきて、この訴状を見て非常に感心していました。そこには地震・全電源喪失・水素爆発と順に事故が起きると、全部書いてあるからです。昨年の事故は、その通りに起きた。新聞記者は、予言者ですねと言いましたけど、私は先覚者と言ってくれと。

澤　『福島原発設置反対運動裁判資料』を読んで思ったんですけれど、ウラン２３５や格納容器、建屋、燃料棒の問題など、訴状がとても科学的に書いてあって、書いてある通りに事故が起きてしまった。

とある。それらの知見には住民たちを中心とする、原子物理学の安斎育郎らとの勉強会の成果があった。「ですから、この資料集はまったく過去のものではない。貴重な資料として、これから生きるのではないかと思っています」（澤）。

5　関東大震災と南相馬市

憲法違反とは、立地条件ばかりについて言うのではなかろう。そもそも原発じたいが、二十五条に「すべて国民は、健康で文化的な最低限度の生活を営む権利を有する」とあるのに照らして、住民避難をさせる、放射能災に曝すなどの、重大な憲法違反性を有する。核心的な問題にさしかかる。その日本国憲法が、現政権担当党や、地方行政の関係者らによって、悪文だとか、押しつけだとか、現在に騒然としてきたかもしれない。

憲法なら騒然とすることに不思議はないので、一般の法律と違い、改正論議が出てくるや、必ず護憲運動を広範に引き起こすという特徴がある。改正論議は、けっして偶然ではないと思うが、原発立国の今後へ向かおうとするか、それとも自然エネルギー立国か、というように、今回の動きを読み換えてみると分かりやすいかと思う。

若松丈太郎司会で、南相馬市（小高《おだか》地区）出身の憲法学者、鈴木安蔵の生誕百年を記念するシンポジウムがあり（二〇〇四・八・七）、記録パンフレット（金子勝〈法学者、立正大学〉、二〇〇五・一二）によれば、安蔵の不屈、および現憲法制定に至るかれの関与がうまくまとめられている。安蔵は初期「憲法研究会」（高野、杉森、森戸、岩淵、室伏、馬場そして鈴木）の最も若きメンバーとして、憲法草案要綱をまとめあげた。ハーバート・ノーマンとの早い接触が戦前にあり、一九四五年九月、都留重人を連れてノーマンが鈴木を訪問するところから始まる（塩田純『日本国憲法誕生』ＮＨＫ出版、二〇〇八）。ノーマンは鈴木を励まし、話し込んだに違いない。ＧＨＱの理解過程をへて、その憲法草案要綱が日本国憲法の骨子にかかわっているはずだと知られる（参考：鈴木『憲法制定前後』青木書店、一九七七、小西豊治『憲法「押しつけ」論の幻』講談社現代新書、二〇〇六）。

この記念シンポジウムの司会が若松である理由は何だろうか。若松はもともと、北〝東北〟岩手県の出身でありながら、縁あって小高地区を「いつしか真の故郷」とするようになり（『福島原発難民』〈コールサック社、二〇一一・五〉の編集者鈴木比佐雄の言い方）、相馬高校に勤務することもあり、相双文化に深くふれてゆく。島尾敏雄、埴谷雄高の記念館があり、大曲駒村らの俳句文化があったことなど、注目すべき、ある種の文化の発信基地であったことを確認したい。

安蔵の父、鈴木餘生は若くして没した俳句作者で、その『餘生遺稿』（一九一五）を発行したのがほかならぬ大曲駒村だった（若松に「大曲駒村」論がある〈『福島自由人』二十七号、二〇一二・一一〉）。駒村の『東京灰燼記』（東北印刷株式会社出版部、一九二三・一〇・三）は関東大震災（九月一日）直後より書かれた貴重な記録で、しかも一ヶ月で仙台より発刊されている（中公文庫に再録）。

さきに3・11における東京の場合にふれたのに対し、『東京灰燼記』から、関東大震災時の東京をも考察しておく。駒村は新宿一丁目の友人宅の二階にいた。この大地震の震源は相模湾沖八十キロと言われ、正確に直下型ではない。ドドドドッと「震《な》え出した」というのは予震（上下動）だろう。友人が「大きいやつが来るらしい」と言った途端に、第一震（最強）がやってくる。1（1秒）とかぞえるぐらいではなかろうか。つづいて第二震、上下左右という激震。ついで、柱にすがりついたままのかれらを第三震が襲う。昼のドンが聞こえたから正午である。東隣りはガス会社で、「あぶないから逃げてください」の声に、夢中で電車路上に出る。近隣のひとびともみな飛び出して、右往左往、叫びあっている。

追分方面はすでに黒煙、ここで第四震に逢着する。御苑が安全だ、と叫ぶ声があり、ひとびとが新宿御苑前へ参集するあいだにも、地は絶えず震える（この「なえ」という語は内池和子の詩作品「ヒル　いでそうろうて」にも出てくる、古語の「なゐ」に相当する）。第五震、第六震と、容赦なく襲ってくる。「それ来たッ」と、みな異口同音に南無阿弥陀仏を叫び唱える。御苑の大扉が開けられ、人波がなだれこむ。胸を撫で下ろすや、駒村はそこから、老母、家族のいる巣鴨の家へ、火を避けながら走りに走る。

津波のことを「海嘯」とも言うとは、今回の震災で知れわたった知識ながら、翌九月二日の『大阪朝日新聞』は、壊滅せる東京、横浜への取材がなかなか進まないのに対して、湘南あるいは東海地方の海嘯については、名古屋にたどりついた一番列車からの取材によって、ある程度詳しい。駒村は鎌倉の友人の話として、海嘯のやってきたときの恐怖を活写している。小田原は火災と海嘯とで全滅し、小学校の児童千二百名が圧死したとのことである。元禄地震（一七〇三）、安政地震（一八五五）でも海嘯被害の大きかったことを駒村は記しとどめている。（関東大震災の津波はどれぐらいだったか、十メートルを超えていたという意見がある。）

6　稼働の火を落とす

この地震のうえに原発が乗っていたらば。

地震の比較的少ない国なら原発が許される、という理屈ではない。地震と原発とは切り離して、原発じたいの過酷な事故可能性、その構造的欠陥、住民を札束で誘惑する非人間性、原子力ムラの秘密主義（開沼博『「フクシマ」論』青土社、二〇一一・六）など、どこをとりあげても地震とは別である。ただし、地震を持ってくることで、あなたにも、私にも、だれにとっても分かりやすいならば、そして憲法違反性が見えてくるならば、分かりやすさは大切だ。活断層が直下を走っているならば危険、走ってないならば「安全」というような、二元的理屈なんか薄紙よりも軽い。でも、私がもし良心的な地震学者ならば、原発の危険を訴えようとしているらしい活断層たちのかすかな声に一縷の希望を託す。

もんじゅ君によると、「日本の面積って、地球の表面の、0・3%しかないの」「うん」「で、そこに世界中の地震の、10%が起きてるの」「そんなに!?」「で、そこに、世界中の原発の13%があるの」という次第だ。地震が比較的少ない地球上の場所はあるにしても、日本列島ではない。天正大地震（一五八六・一・一八〈天正一三・一一・二九〉）はわけの分からない地震で、若狭湾に津波が押寄せ、徳島県で地割れ、伊勢湾にも津波があり、理科年表にはないが、三陸にも被害があったと記念碑にあるという。震源地は岐阜県白川谷とも、滋賀県（琵琶湖）とも言われ、伊勢湾説もあり、複数の地震がかさなったか、中央構造線の近くで雑巾をねじ切るような地震だったのではなかろうか。そんな危険な地殻から成るこの国に、原発を乗せるべきではないと、分かりやすい理屈として主張してよい。

福島県相馬地方からは六人、草鞋、脚絆にため付けで、東京方面の友人たちを見舞うために、ドヤドヤと駒村宅へやってきたのが九月四日の朝。途中の厳重警戒を突破するために、「福島県青年応援団一行六人」という旗を立てての上京で、うれしい訪問だった。一行はこれから横浜へ強行し、鎌倉まで押し通すのだという。かれらの話によると、地方新聞は一号活字で、山本権兵衛／後藤新平／高橋是清らの暗殺や圧死を伝えていた。

それらは虚報で、報道の混乱が避けられなかったということだろうが、今回の大震災ではどうだったろうか。私はCNNを始めとするパソコンのサイトにしがみつくのみで、テレビをまったく見なかったから、論評する資格がない。公共広告機構（AC）の金子みすゞの詩作品の放送というのを、話題に聞くもののついに見ることがなくていまに至る。前年に出た百歳の柴田トヨ『くじけないで』（飛鳥新社）も、好感をもって世に迎え入れられた。

四月にはいっても、東京で有感の余震がつづき、富士山噴火は予想のうちであり、福島県では被災原発のさらなる崩壊も迫るようで、メール類から読み取る県民の疲労は限界に近づいていた。都内の私立大学の半分はゴーストタウンでも、日大などに行くと平常営業というか、フレッシュマンがあふれている。全学生、全教員の安否を三月いっぱいで把捉しきったマンモス大学もあれば、もたもたと四月になっても閉店休業で、学生たちを自宅や下宿に待機させている大学がある。今年の主題歌というのがあるとすれば、「時代」かな。

まわるまわるよ　時代は回る
喜び悲しみ　くり返し
今日は別れた　恋人たちも
生まれ変わって　めぐり逢うよ

（一九七五、『中島みゆき全歌集』〈朝日文庫、一九九〇〉より）

『源氏物語』「浮舟」論のレクチュアのさいごに歌詞を印字しておき、取りやめになった入学式代わりに、新入生や在校生を集めた大教室で、学科のみなに配布する。もし集会のさなかに大きな余震で何かが起きたら、老教授たちは切腹を覚悟である。「時代」が主題歌になるという意見は私以外にも複数あり、手話をまじえ、被災地で歌ってきた高校生の合唱団というのもあった。

兵藤裕己が呼びかけて、こういういまだからこそ芸能を次代へ伝えようという、説経祭文研究会の復活＝「うたげの会」の準備会はたしか四月のすえに、川田順造、山本ひろ子、佐々木幹郎、樋口良澄らとともに持つ。赤坂憲雄が復興構想会議からその足で駆けつけてくる。四月にはキャンディーズの田中好子の葬儀があった。手にいれたかった『仙台学』十一号はコピーを友人が作ってくれる。『現代詩手帖』五月号の特集「東日本大震災と向き合うために」に和合亮一「詩の礫2011.3.16-4.9」ほかを見る。

五月にはいって、若松丈太郎の『福島原発難民』が出る。

浜岡基地はみずから原子炉の火を消したもようだ。実際には、だれかの手を利用してスイッチが落ちるにしても、そのひとの手に意志があり、原発じたいには意志がない、という単純な理屈になりそうにない。いろんな総合的判断がそこには働いて、浜岡のスイッチが落とされる。これはたしかに転換点となったと信じられる。稼働していた原子炉たちが、それぞれのメンツもあろうから、理由は深く問いつめなくてよい、一つ一つ、稼働の火を落としてゆく。一時は五十基の原発がすべて停止した壮観に対し、高い評価を下すべきだろう。節電によって夏を乗り越えようとする意志に対しても、やればできるとの評価があってよい。浜岡がストップしたことについては、ブルガリアでの国際会議（五・一三／一四）の冒頭でホットニュースとしてふれた。それにしても早くから決めであった国際会議の名が「不死そして出来事」であったことは悲しい。

沖縄から『KANA』十九号（五・三〇）が届く。巻頭の真久田正「2万年の記憶」は、イソップ童話の「オオカミ少年」、八重山の「人魚と津波」、新川明の名言「沖縄県民はもう一度あの地獄（沖縄戦）を見なければ目が覚めないのか」、都知事の暴言「天罰・我欲」、ケビン・メアの「沖縄人はゆすりたかりの名人」云々を引いて、おいおい、もう呆れてものが言えない、と。辺見庸の3・11の数週間まえの、「すさまじい大地震がくるだろう。それをビジネスチャンスとねらっている者らはすでにいる。……」という引用もある。前号（十八号）で高良勉が言う、「……人間が人間を喰うような社会状況で、言葉や詩・文学は何ができるか」と。真久田はそれを受けて、「あと十年は書き続けよう」と書いている。（今年〈二〇一三〉一月、真久田の訃報を受け取る。）

六月にはいるまで、清水昶が、日本の壊滅を見届けて、五月のすえに亡くなったことを私は知らなかった。だれもが気づいているように、石原吉郎、あるいは黒田喜夫の季節が3・11のなかで、わが清水昶とともに終わろうとしている。不正確な引用かもしれないが、

遠雷の轟く沖に貨物船

というのがさいごの句だったと言われる。

和合の詩集三冊が刊行される——『詩の礫』『詩ノ黙礼』そして『詩の邂逅』。

現代詩を柱にして、まわりながら連句のようにここまで書き綴ってきた。福島県内にはアヴァンギャルド性が生きのこされている、と言うほかない。とともに、憲法学者、鈴木安蔵を産むよう

な、反骨の地でもあるということだろう。現代詩人がなぜ突出し、しかもかれらをとわに被災のなかに閉じ込めるかのような、過酷な原発事故がどうしてこの県で起きたのか、近代からの復讐という一案を導くことは容易でも、ほんとうの答えにぶつかるまでにはまだまだ時間がかかる。

「二〇一一〜二〇一四」と明日とのあいだ

1　自然エネルギー特区、うたげの会

富山妙子（画家）は、3・11からあと、〈日本社会が敬虔な祈りの姿勢にはいった〉と感じ取り、津波遭害、放射能災に向き合って、海の祈り、原発への怒りを描きつづけた。その、日本社会の祈りの姿勢が、二年め、三年めにはいり、どこへどう行ってしまうのか、私は富山から何ごとかを聴きたく思い、イベント「現代への黙示」へ出かけて行った（二〇一四・九・二〇）。いま、九十一歳。シカゴ大学の反原子力のサイト「the Atomic Age」には、富山の描く福島第一原発のむきだしの廃屋の絵像がトップページに置かれる。

3・11の直後、そしてその二〇一一という一年を、日本社会はどうしようとしたろうか。深層と言うべき社会の底で何を受け止めたか。赤坂憲雄（民俗学）は「自然エネルギー特区」を構想する（「福島、はじまりの場所へ」『朝日新聞』二〇一一・六・一四）。かれは復興構想委員として、いきなり「精神史のなかの東北について語りたい」と語り始めて（「鎮魂と再生のために」、復興構想会議、四・三〇）、おそらく並みいる委員たちの度肝をぬいた。無効な発言だということでなく、この発言じたいに生きられる権利がある。「自然エネルギー特区」構想は〈ミロク・プロジェクト〉でもあ

る。東北という絆が試され、世界へ向けて創るという提案は、表層で無効だとしても、〈東北学〉を踏まえた深層からの発言ということにたぶんなる。

「３・11以後を考えるうたげの会」は、その赤坂や、日本口承文芸学会の会長を以前に務めた川田順造らによって、四月には発足し、八回のイベントで東北に向き合ってきた。「琵琶物語と琵琶歌のうたげ」（後藤幸浩・片山旭星）、「語り芝居・泉鏡花作『眉かくしの霊』」（鳥山昌克）、「東北を歌う――津軽三味線の世界」（二代目高橋竹山）、「詩の生まれる場所」（入沢康夫）、「納涼落語の夕べ――『死神』」（柳家小満ん）、「災間を生きる〈うた〉と〈ことば〉」（赤坂憲雄×佐々木幹郎）、「撃つ、歩く、廻す――韓国伝統芸能のうたげ」（ミン・ヨンチ）、「浄瑠璃を〈歌う〉、文楽を語る――『曽根崎心中』の世界」（豊竹睦大夫＋豊澤龍爾）。

何回めかのパンフレットには「３・11の記憶を忘れようとしている日本に抗して」とある。「うたげ」というような名づけからだと、悠長な宴会と見られる。無論、悠長でよく（気長に）、うたげ（宴会）は本来の神迎えという意図かと思われる。どんな神々を現代は迎えるのだろうか。むずかしい局面が三年め、四年めにのしかかる。

２　東北を聴く、門付け芸

『東北を聴く――民謡の原点を訪ねて』（佐々木幹郎、岩波新書、二〇一四・二）はみぎのイベントの出演者、高橋竹山（二代目）とともに歩む、というか、東日本大震災の直後の被災地の村々の行脚を記録する。竹山と言えば、かの竹山（初代〈一九一〇―一九八〉）しか知らなかった。私ばかりではあるまい。その初代の演奏を通してのあの津軽三味線、という固定観念がゆすぶられる。最初に佐々木による「鎮魂歌」が載っている。二代目竹山と佐々木とは、九月末から、大船渡、釜石、陸前高田の町々を回り、演奏と民謡、詩の朗読というライブをかさねた。

津軽三味線はもともと、「唄のつき物」でしかなかった。じょんから節、よされ節など、いくつかの数少ない民謡のための伴奏楽器でしかなく、たんに三味線と呼ばれるのに過ぎなかった。それを現代音楽として開拓したのが初代で、一九七三年には渋谷のジァン・ジァンをいっぱいにして、世に迎えられる。一点だけ光は見えたらしい、しかし、文字などは見えなかったという。三陸海岸から北海道まで一人で門付け芸をつづけた、「ボサマ」である。その竹山のもとで、高橋竹与として内弟子生活を始めた彼女は、一九七九年に自立し、初代の亡くなる前年に二代目を襲名する。

初代は昭和八年（一九三三）、三陸海岸（野田村玉川地区）にいて、泊まっていた宿屋で揺れを感じた瞬間、大津波が来ると思い、盲人の芸人、四人とともに裏山の竹藪に逃げた。芸人たちが、ときに大規模な人数で、ときに少人数で、唄会興業をしながら、村や地区を渡っていたことが分かる。七十八年前のことながら、かれらが避難するとき、手助けした女性がいたというので、その川崎ヨシ（一九〇一―二〇〇三、百二歳）口述の聞き書きが小谷地鉄也の筆記／翻刻でのこされていた。

川崎「旅館に目のめーないかだぁ四人もいさんした。……たしか、くずまぎ生まれのかだど、ぬまぐないのかだど、そーして、たがはし、三味線の先生も、まだ『ぼーさま』ずー名のどぎでおであんした」、と（くずまぎは葛巻、ぬまぐないは沼宮内）。旅館の人にたのまれて、公園（高台）のほうは草原を通ってゆくので、転んだら起こせないと思い、どんな大きな津波が来ても心配ない高台の地区へと、かれらを押して行った。二人ずつ、縦に並べて、背中を押し上げた。「気を付けてください。足元に気を付けて、四人一塊になっていて下さい。私の力はあまりありませんので」と言ったら、どなたか、「ありがたい人もいるものだ。助けて下さい」という声があった。「早くしないと死んでしまう」と思いながら押し上げたことを思い出すと、いまでも「ぞっ」とする、と。

特養ホームで九十四歳のときに録音された、川崎からの聞き書きテープを佐々木たちは聴くことができた。四人を助けるために、川崎は咄嗟の判断で、急坂を登らせてもう一つの高台へ、かれらの背中を押しながら、自分も津波で死ぬのではないかと恐れたという。以前の津波の記憶が（村に）のこされていて、川崎を適切な行動へ導いたというように推測できる。

それから五十年後に、初代はお礼を言うために川崎を訪ねている。しかし、そのときの記録も、記憶も、周囲のひとにはのこされていない。二代目竹山は、川崎の遺族からの話を聞き終わると、ふいに立ち上がり、「お礼に民謡を唄わせてもらいます」と、牛方節、そして津軽山唄とをつづけて唄った。佐々木は、「門付け芸とはこういうことではないか」と、二代目竹山の朗々とした声を聴きながら、何かが腑に落ちるように溶けてゆくのをおぼえた。

二代目竹山と佐々木とは、3・11のあと、（佐々木によれば）「ライブの旅という名の門付け芸に出たのだ」。初代は独奏曲を作り、現代音楽としての〈津軽三味線〉を創生したが、ある意味で、かれらは、初代と逆に三味線を「唄のつき物」という本来にもどし、民謡（といまでは言う唄の）原点で、何かをとらえようとした。新しい「口説き節」（語り物）を作りたい、という思いはそれだろう。

冒頭に「鎮魂歌」を寄せているが、それに集約される、現代詩と、口承文芸、芸能、語り物との接点ということに思いが走る。これが佐々木にとって避けられないテーマだったような気がする。自由詩の最先端を行くように見せながら、民俗社会や古典、また諸地域の言語にこだわり、ずいぶんもたつきもする。東北のボサマとの「出会い」をかれらは果たした。以前に（一九八〇年代初頭）、九州で盲僧を追いかけたとき、いつかは東北でのボサマに会いたいと思った。

3 『津浪と村』、伝説のあかし

山口弥一郎の一冊『津浪と村』（恒春閣書房）は、『東北の村々』とともに、昭和十八年（一九四三）の刊行で、それが石井正己／川島秀一により復刊されて（二〇一一・五）、昭和八年（一九三三）の大災害と、3・11のそれとがまっすぐに向き合うこととなった。この復刊は口承文芸関係者の手になる、いち早い貢献であり、これなくしてはいたずらな議論が論客たちによっていかになされようと、半端な物言いでしかなかろう。両人は阪神淡路大地震のあった夏（一九九五）に、この書を携えて三陸を踏破したのだという。

重茂《おもえ》には、明治二十九年（一八九六）と、昭和八年と、再度全滅した集落がある。上閉伊郡鵜住居村《かみへいぐんうのすまいむら》にも、再度全滅した集落があるけれども、昭和八年の死者は二、三名であった。それに対して重茂の一集落では、救われたひとがわずかに二、三名であった。この生命の災害の差は何に原因するか。高地性集落を決意しながら、なぜ挫折し、失敗するのか。一方では、団結して山を上がり、救われた村がある。そうでなかった村との決定的な差異とは何なのか。全滅した村のなかには、生きのこった古老もなく、再度の津波を警戒するすべを知らなかった、という不幸がつきまとう。

古い伝説を持つ村もある。役小角を名告る行者が、あるとき、村にあらわれ、かずかずの奇瑞によって、村人の信頼を得たのちに、高台への移動を託宣して去ったという。その教えを守ること千二百年という「伝説」は、山口の本からの孫引きによれば、「史を按ずるに、役の小角、或は行者ともいふ。……此の行者が、一日、陸中の国は船越ノ浦に現はれ、里人を集めて数々の不思議を示し、後、戒めて言ふには、卿等の材は向ふの丘の上に建てよ、決して此の海浜に建てゝはならない。もし、この戒を守らなかつたら、災害立ちどころに至るであらうと。行者の奇蹟に魅せられた村人は、能くその教へを守り、爾来、千二百年間、敢へて之に背く様なことをしなかつた」(今村明恒「役小角と津浪除け」)、と。

津波震災の三陸を、地理学そして民俗学の立場から、さきに田中舘秀三が、そして山口が歩いて調べ上げた。明治二十九年の震災のあと、高地性集落を敢行した村と、そうでなかった村との、昭和八年における明暗を丹念に挙げている。昭和三陸地震は昭和八年三月三日午前二時三十分に、釜石町の東方沖約二百キロを震源として発生した地震で、マグニチュード8・1と推定される。マグニチュードの計算は、数値が1・0上がるたびに、いったい何倍のエネルギー換算になるのか。たぶん、11か12かで隕石の衝突や地球の消滅だろう。人類はその直前の「撤退」するぎりぎりまで闘わねばならないはずだ。

震源は日本海溝を隔てた太平洋側だったという。三陸海岸までの距離があったために、明治三陸地震に比べて、地震による直接の被害は少なかったものの、発生した大津波が襲来して、大きな被害となった。最大遡上高は気仙郡綾里《りょうり》村で海抜二十八・七メートルを記録したと言われる。

4　詩の困難

ノーン、ノーン。

地震の直前の鳴動音を山口は何度も聞き書きしている。ノーン、ノーン。津波のことを「海嘯」と呼ぶ、まさに海の嘯きだろう。その名を冠する、被災後において施行された「海嘯罹災地建築取締規則」は、被災地での建築物の建造を原則として禁じ、違反者への罰則規定まであったという。防浪堤の設置は、山口が山田町の「津浪のトーチカ」として報告する事例など、町を護ろうとする努力を見せている、「ただ心配されるのは漸次防壁外にも居住地域が進出しはせぬかである」と山口は記す。もとの被災地へ一人移り、二人が永住することによって、郷土の先輩たちの築きあげた防塞が無に帰してゆく心配を、山口は『津浪と村』のなかで繰り返す。

被害の大きさと別に、実際には集落移動に失敗した例として挙げられているのも船越であるから（『津浪と村』『東北の村々』）、地理的条件、古老の意見、国庫補助などの、錯綜する困難を超えることのあまりのむずかしさである。『東北の村々』によると、現地居住というかたちを取る五例は、明治二十九年の津波のあと、無防備のままふたたび津波被害を受けた村や、防波堤、防潮林、コンクリート塀による武装の在り方など、さまざまを見せる。

三陸沖から南へ数百キロを突っ走った今回の地震による断裂だった。福島沖、茨城沖とあまりにも広域である。福島沖の震源は原発群に襲いかかるという無惨な始まりの時を刻んだ。記録ということからも、メディアという観点からも、経験のない始まりとなった。強烈な地震に耐えきれなかった送電鉄塔の倒壊によるか、全原発の冷却装置の停止と、原発基地への津波の襲来と、どちらがさきか分からない。いや、東電側が隠していることを含め、分からなくさせられていることが多すぎる。

3・11被災の数日後から、ツイッターを利用する一詩人（和合亮一）の詩的発信が始まった。早くから力量を蓄えてきていた（中原中也賞詩人である）和合による、被災地へ、そして全国への、詩的発信について、いくつか、きちんと分析ないし批評しておかなければならないと思う。その分析ないし批評がなされていないというより、見えなくさせられ、隠されている。和合の詩的言語による、発信内容に籠もる被災者たちへの励ましということとともに、出版関係を含むジャーナリストたちをも突き動かして、フォロワーが急速に広がるという、二十年前の阪神淡路大震災ではありえなかった現象を作り出した。しかし、問題は、県外でもそうだったが、福島県内で、和合の発信行動に対し、拒絶反応がつよく詩の書き手たちのなかから出てきたということがある。

無論、励まされるひとのなかに、詩の書き手がいくらもいてよい。これは難解な問題だ。そのような拒絶反応（と言っておく）は、県内の詩の書き手や教育関係者など、多少なりとも文学の周辺でつよかったらしい。「らしい」というのは、県外から容易につかめないことであるうえに、県内にあっても、文面のようなかたちでは、なかなかはっきりとのこる性格のものでない、隠微さを特徴づけられる。県外と県内とを分ける現象であるとともに、県内で評価が割れるという、だから福島県内と国内ぜんたいとの関係は後者にとり前者を縮図とする。この構図は押さえておきたいことどもの一つだ。

5　口承文芸との接点とは

三月十一日〜十五日という被災状況をいまからでも思い知るならば、原子炉のつぎからつぎへ起こる水素爆発（第一報は水蒸気爆発ともあった）、過酷なメルトダウン（底部が地下へ突き抜けるチャイナシンドロームではないか）、三月十五日午後から深夜にかけての信じがたい高線量（子供たちを襲う）という、刻一刻のなかで東日本の「死」を「見」、覚悟もした人がいたはずだ。これらがすべてにとっての原点である。いまに忘れようとしている人たちは、意図的に忘れようとしているか、原点であることを感じなかったひとたちか、だろう。

記憶や記録のたいせつさを、言って言い過ぎることがない。そのたいせつさを言うことは、意図的に忘れようとする、場合によって記憶や記録を歪曲する向きに対して、抵抗することでもある。詩なら詩という、直接にして即時の感情の分析を含む文学が「記憶や記録」に深くかかわることを得意とする、とも言っておこう。詩とは無論、短歌や俳句その他を含んでいる。〈直接にして即時の感情の分析を含む〉とは詩の機能の一部でしかない。

六月には和合のツイッター詩が三冊の詩集というかたちで出版される。詩集ならば、詩の専門出版社から出されるのに馴れている読者たちには、それらが徳間書店、新潮社、朝日新聞出版という、（場違いな？）大手出版社から出されるということに、異常さをおぼえたと知られる。三冊は、それぞれに特色を有していて、そのうちの『詩ノ黙礼』（新潮社）は、やや長編にする意図をツイッター発信のうちから持っていたもようで、構成的にも、言語の質の高さからいっても、詩史にのこるよい詩集であり、ポピュラーな出版社から例外的に出された商業性をさし引くとしても、それじたいが非難の理由にはならないはずだ。

すさまじいと言ってよい、和合への「批判」が聞こえてきたのは、私の場合、それらの三冊の詩集が刊行されたあと、しばらく経ってからである。垂れ流し、ポピュリスト、売名、和合某が……、といった和合の詩行動への「批判」は、ツイッターでの発信に対して早くあったか、推測に属することで確認できない。多くは三冊の詩集刊行のあとにおいてだったと思われる。福島県内では、教員としての職務をほったらかして、出演やイベントを優先している、などという声が聞かれたという。

和合は〈詩を書くとはどういう詩を書くべきか〉という、世間からの承認を踏み外したために、かれらを怒らせた、不快感をかき立てたのだろう。そのことは、詩を書くひとたちの共同体（ふわふわと存在する）がどこかでぼんやりと機能するということを意味する。これが私の推測である。「あいつは許せない」という、見えない共同体からの感情が和合を攻囲することとなった。怒りや不快感は日本社会が少数者を差別し排除するありふれた感情だろう、その差別や排除により少数者を追いやってしまえば、あるいは懲らしめが終われば、または「和解」すれば、忘れたかのように落着することだろう。しかし、過酷事故のさなか、多くのフォロワーが和合のツイッターを読んで詩的表現を求めたために、現象的には少数者と言えない、多数派がそこにいるかのような脅威を既成の（共同体的な）書き手たちに与えていった。

フォロワーのなかには、出版関係者たちや、多くの（さまざまなタイプの）ジャーナリストたちがいたことも押さえる必要がある。（富山の言う）敬虔な時、何かを必死になってさがし求めたい時、長年にわたりジャーナリズムに携わってきた職業的勘、あるいは出版人魂とでも言うべき、各自がおのおのの根底箇所を揺さぶられ、災害後しばらくもせず書店に出版物があふれることとなり、読者たちもそのなかの良質な部分をかぎ分ける力をためされて、特異な出版／読書連関の連鎖的ブームが現出することとなった。その現象を別の角度から、やや白い眼で見るようにして、「かれら（出版人たち）には商機が訪れているのだ」という判断をする一定の論客が出てこようし、それを揶揄する捉え方もありうるということか。あくまで「原点」に立ち返る必要がある。未曾有の災害時に、和合のような表現形式が行われていることを知って、それを報道し、特集し、あるいは出版活動に結び付けることに対し、評価されこそすれ、それらを「商機」であるかのように、またはいわゆる悪質な「売名」であるかのように決めつけるならば、出版史上の汚点になりかねない。

私とて、ただちに判断ができたわけではない。長谷川櫂（俳人）の『震災歌集』（中央公論新社、四月）がいち早く書店に平積みになったときにも、それに接しては真意を計るのにいっときを要した。見きわめるぎりぎりは提出された作品の質にある。和合の三冊を、買って手元に置くべきだいじな詩集であると確認してカウンターに並んだ。念のために言うと、けっして寄贈されて手にしたわけではない。「いま、言葉がほしい」という、飢える思いもさりながら、さきにも言ったようにに、ツイッターという、大きくもないメディア形式をおずおずと利用しながら、大震災をあいてに長編的構想で抗するという、『詩ノ黙礼』は詩史にのこる、と思われた。ツイッターについては、現代にごく普通に行われるソーシャルな通信手段であるから、それじたいに何ら特異点はない、という批判もある。私には三月下旬になってようやく和合のツイッターに到達するという遅まきであったけれども。

福島事故というこの原発暴走とは何か。口承文芸との接点に、どこまでさぐっても行き当たらない。なぜだろうか。「災害と口承文芸」(第三十八回日本口承文芸学会大会シンポジウム、二〇一四・六・七/八)では、会場から、福島の原発事故による被災者にふれられないことについて発言があった。自殺者も出ている状況があると。原発事故と放射能とによる、避難を余儀なくされているひとたちの現実を避けているのではないが、まだ向き合えずにいるというもどかしさを感じた、とその報告にある(杉浦邦子報、『伝え』五十五号)。

6 語り手たちのライブ

『震災と語り』(石井正己編、三弥井書店)にはその希少な試みである語り手や研究者の在り方を、「語りのライブ　原発事故と昔話」(中川ヤエ子・野村敬子、於・東京学芸大学)として見せる。これは復唱しておこう。中川と野村、そして聴き耳の会のメンバーが、栃木市および鹿沼市に、原発事故で住むところを失った老人たちを訪ねる。福島からの避難生活者はなお(その時点で)十五万余であり(チェルノブイリを思い合わせよ)、生活のたつき、家族(津波遭害の被災者でもある)、家畜たち、生きるすべ、気力を失い、隣県に身を寄せるひとびとがいる。放射能災は、生ある限り今後三十年以上つづき、子供たちや生殖能力のある男女(特に女性)にはいまでも避難を呼びかける研究者のいる危険さであり、しかも崩壊した原子炉じたいの再臨界や強震によるさらなる倒壊の可能性なしとせず、まったく収束していないなか、福島県の被災地は見棄てられるマイノリティ地となりつつある。

かれらの肩にふれながら、中川は語りかけようとする。自身が涙声になってしまって、語ることが辛い。浪江から来られた人に、語りかけようとすると、「おらぁ、耳が聞こえねんだぁ。だから、おらには語んねぇでもいいんだぁ」とか、「死ぬときになったわぁ」とか、そういう方へ、語り手の中川は「タヌギの糸車」を選ぶ。〈冬のあいだは山を下りて、無人となる山の小屋で、かみさんの糸車をまわしながら、タヌギが真っ白な糸を作る。タヌギは見よう見まねでその技術を覚えたのだ。春になって人間たちが帰ってくるのを待っていた。木こりも、「うーん、おらぁ、どうもあのタヌギに悪い考えを持っていたようだ、おめぇが言うとおり、あいつは本当にいいやつだ、さみしがり屋で、おどけ者でなぁ」って、そう思ってたんだと。「おーい、タヌギさーん。これからは友だちになっぺなー」と、木こりとかみさんとは元気な声で叫んでいたんだと。はい、これでおしまい。〉

中川がこれを語り出した最初、毛布を被っていた聴き手が、昔話の終わった途端、ぱっと顔を出して、「おもせかった（おもしろかった）」と言ってくれた。隣の、「おらぁ、耳がわるい」と言っていた方も、こっちを向いてちゃんと聞いていた。もう一人のおじいちゃんはうなずいてくださる。かれら三人の新しい生活が始まるのに際し、語ること（言語活動）の必要さを考えた中川、そして野村らによるヴォランティアである。「おもせかった。次、いつ来る？」と、閉ざした心がすこしずつ和らいでゆく。語り手たちにしても、語りに長年、従事してきたことの、報われようとする一瞬だろう。

無論、「昔話を語らせてください」と行くと、お役所からは「ばあちゃん、観光に来たんじゃねぇぞ」と、追い払われるわけで、口承文芸学がもっと社会的に認知される必要がある、と野村は結ぶ。「人間が人間と会って、心を交わしあう昔話という文芸の原形に立ち戻っていく学問であることを、もう一回、私は訴えてみたいなと思っております」、と。このことは『昔話――研究と資料』四十一号（日本昔話学会、二〇一三・三）所収のシンポジウム「昔話の継承と実践　可能性と課題」の「趣旨説明」（野村）にも繰り返されている。いくつもの語り手たちの会や学会が、大地震、大津波に向き合って、大きな活動の軌跡をのこした、のこしつつあることは、社会学や歴史資料学と別に、あるいは社会学その他の容易になしえないところであり、特記に値する。それだけに、原発の被災に対しては困難をきわめる活動だったと、その特異な事故の持つ性格をきちんと分析する必要がある。何よりも、政治的意図や経済界からの要請が優先して、人為的に隠されたことがあまりに多すぎる核災であり、依然として「原点」からのそこの告発が緊要にある。語りが、〈隠されたことの周辺〉にだけ立ちいりを許される、という二流品であってはならないだろう。

7　五月からの授業開始

黒板に東北地方の大きな地図を張り出しながら、以前には各駅停車で何度も下りた福島県を、（新幹線の）一時間以内で跨ぎ越えて仙台まで連れられて行くわれわれであり、いつのまにかそのことに馴れてしまった自分が、いま「マイノリティの文学」（講義名）を担当する資格のないことに茫然とする。

天武時代から元禄年間までの地震年表をA3の四倍に拡大して作る。八六九年の貞観地震を海底考古学から論じるという、（伝承にふれた）論文がたしか『國文學』（学燈社）にあった。あれを次回までにさがさなくちゃ。

関東大震災翌日の『大阪朝日新聞』をやはり黒板いっぱいに拡大して掲げる。手慣れた教師ならば、パワーポイントなどにして手際よく講義を展開できるのだろう。不器用な自分だ。拡大して仔細に読むと、壊滅的な首都圏を大阪からもどかしくアプローチする報道のさま、湘南にも小田原にも津波が押し寄せていったようすが浮かび上がる。

マイノリティの課題を板書する。①少数民族の文学（言語）、②在日、③女性、子供、性差別、④差別／被差別、⑤沖縄、そして⑥東北、⑦人種差別（黒人……）、⑧障害者差別、性同一性にかかわる差別、……。今年の課題としてせり出してくるだろう被災地、特に福島県が、数年を経ずして置き忘れられ、日本社会から切り棄てられてゆくということはないのか。沖縄とともに、これがマイノリティ問題ではないのか、と。

一ヶ月遅れの五月からの授業開始のなか、この原発で起きていること、起きているどころか、拡大しつつあることと、講座「マイノリティの文学」とは、直結するのだろうか。それらは枕程度にふって、本格的な「ちゃんとした」講義をしなさい、という陰の声が聞こえてきそうである。

いきなり、来週はブルガリアへ出張で休講にする。ブルガリアのお隣りがルーマニア、そのかなたにチェルノブイリだ。日本社会が何を忘れたか、何を隠蔽したか。反原発と脱原発とのあいだにこぼれる問題もある。

第二回（五・二四）、印字してきた写真（昨日の）を見せながら、「福島県のお母さんたちです。文科省へ押し寄せている。年間積算放射線量の基準を二〇ミリシーベルトへ引き上げた文科省への抗議に五百人がやってきました」。

「高木仁三郎さんのプリントです（『原発事故はなぜくりかえすのか』〈二〇〇〇・一二〉から）。東海村ＪＣＯ発の臨界事故で、亡くなった二人が見た青い光。あれは何だったのか、チェレンコフの光だと、高木。なかに氏が峠三吉の詩を引用している。正確に、広島、長崎を思い出せ、ということです。高木さんはこの岩波新書の刊行を見ずしてなくなりました。冷静に、社会の将来を見据えています」。

「ブルガリアでは石橋克彦さんのことも述べてきました。原発震災のパワーポイント資料十一枚を見てください。これは二〇〇五年に石橋さんが政府筋へ訴えたカラーのページで、ここに印字してきました。武田邦彦さんのサイトも福島のお母さんたちへの丁寧な説明に満ちています」。

ブルガリアでは、冒頭で、

①われわれがチェルノブイリ原発事故からの教訓をほとんど受け取っていないということをいま、つよく遺憾に思う。

②一九九〇年代後半に、ある地震学者（石橋克彦）が警告していた。日本列島の海岸線を、ぐるりと花輪のように原発がかざり、そのしたを活断層が走っている、と。このままでは、原発震災Quake-induced Nuclear Disasterが、何十年かに一度ずつ、日本での日常的風景として、起きることだろう、と。国際的に許されることではない。いま、居住できない地域が、福島県を中心にしてひろがり、海は信じられない濃度の汚染である。

③しかし、日本政府はつい先日、富士山の南にある危険な原発（浜岡基地）のスイッチを落とすと決定した。日本から真の平和が発信できる日の来ることを希望してやまない。

といったことどもを訴えた。その国際会議での総題が、早くから決められていたこととはいえ、「不死と出来事」とはあまりにも日本の3・11と符合する。

黒板に特製のヨーロッパ地図を掲げる。「ここがブルガリア。ここがチェルノブイリ。放射能を含む煙はこう移動しました。日本でもおなじことが起きたのです」。

8 対して抗すること

日本近代文学研究や社会文学の領域では、新しい研究者が参与しつづけて、今年（二〇一四）になっても、なお震災後文学への取り組みが、原発事故から広島そして長崎原爆文学へと、二重写しされるようになってきている。そうなると、著述活動や学会発表が、ある種の引き返し不可能な「震災後」（キーワードとなろう）を刻んでゆくように思われる。小説などの創作者たちの息の長さと見合う、それら創作とあるところまで雁行せざるをえない研究領域であるために、その「引き返し不可能さ」は将来に実りの季節を迎えるかもしれない。口承文芸学の方向を示唆しているかもしれない。

「思想」（これもキーワード）はジャーナリズムと直結するためにか、論客たち（ほぼ全員、男たち）が、第一年め、第二年めというように、着実に震災批評とでも言うべき領域を切りひらき、一般に意見をまとめられない、われわれのような右往左往という人種に、適宜、意見を与え、あるいは意見を集約してくれた。しかし、福島第一原発の廃炉のあとを観光地化しようという、悪ふざけなのか冗談なのか、そんな計画を記した本が書店に並ぶようになると、ほぼ思想的に実りを見せることなく論客たち（ほぼポストモダン世代のかれら）の季節は終わる。ジャーナリズムと直結するために、意見集約という役割がかれらによって果たされたと言え、二年め、三年めという、ジャーナリズムじたいの攻勢のかずかずには、良心的であろうと否とにかかわらず、論客たちもまたつぎつぎに倦むかのごとく、一人降り、二人降りしていった。圧倒的な人気を保っていた論客の雄、吉本隆明は一見、原子力産業推進派を装う発言の繰り返しに、その真意を訝らせたままで亡くなる。

南相馬市からは市長桜井勝延がユーチューブで世界にメッセージを発していたことを、和合のツイッターとともに思い出しておこう。詩作品「神隠しされた街」の書き手、若松丈太郎はいみじくも「核災棄民」と言った（『福島核災棄民』コールサック社、二〇一二・一二）。津波で何もかもなくってしまった街は、核災の追い打ちで避難区域となり、無人と化した（二〇一四年十二月をもって解除だという）。若松は何かの動画のなかで、一軒の土蔵を指しながら、鈴木安蔵の資料のあったところだと説明を加えていた、これは津波遭害である。帰途、線量計の振り切れそうな飯舘村を通って福島市内にもどると、翌朝のニュースで吉本の逝去を知る。

大曲駒村（俳人）には『東京灰燼記』（東北印刷株式会社出版部、一九二三・一〇）があり、関東大震災からわずか一週間のちという時にまとめられている（序文による）。十万の死者の彷徨する「死せる都の傍より、生ける田園の諸君へ」と序文（朱書）にあるのは、惨状を「田園」という故郷へ報知したい一心だろう。その故郷、南相馬市（駒村は小高地区の出身）が壊滅する。鈴木餘生は駒村とともに小高地区の俳句文化を担い、その遺児、安蔵が「憲法草案要綱」を起草する次第など、すべて若松から教えられるなどして、3・11以後のわれわれの学習（3・11憲法研究会を立ち上げる）に属する。しかし、思えば、はかないことだ。

『美味しんぼ』（作・雁屋哲、画・花咲アキラ、小学館）の一一〇〜一一一巻は「福島の真実①②」と題して、調べ上げた力作であり、主人公たちが被災地を訪ねて鼻血に見舞われるところは、和合の場合と同じく日本社会の許容線に抵触したのだろう、「許せない」描写だという批判が出てくる。二〇一四年という時を刻むイメージ的作品として記憶と記録とに値すると申し述べておこう。依然として最重要なのは「記憶と記録と」以外でありえず、同時に「記憶と記録と」を矮小化し、抹消しようとする隠微な力に対して抗することにある。

9　記録および記憶の累積

3・11のあと、（すこし述べたように）五月下旬になって、福島県のお母さんたちが五百人、文科省へ押し寄せたことを記憶しておこう。なぜこれの記憶が必要かというと、東京人や埼玉県人その他の心の奥（古い言葉で言えば実存のような感覚）を、彼女たちの行動は揺り起こしたと思われる。存在感のややもすれば希薄で、同質感のつよい都会人でありながら、福島のひとびとにどこか心の奥で連帯したい思いがくすぶって、その思いをかき回されたのではなかろうか。高円寺などでのデモは早かったにしても、国会前で、それから全国へと、市民たちが街頭へ出てくる、原発依存の日本社会から脱出することを訴える、金曜日デモへと発展する、という画期的な日本社会を現出した。福島県民による行動と、じっとしておられなくなった都会がわの動きとのあいだに、関係がなかったかどうか。

国会前に出てきた（いまもつづいているが）いくつかの世代を観察すると、第一に全共闘世代（いわゆるベビーブーム世代）であったことは特徴的だろう。若い日の社会変革の夢破れて、挫折感もあれば、体制内改革（や地域活性化やフェミニズム運動）に良心をときに燃やしながら、定年を迎えてなお思いやまず、かれらの古戦場である国会前に出てきた、という感じがあったとは思いあたるひとが少なくなかろう。足取りはよたよたと、プラカードは重たく、思うように動かないからだであっても、自嘲と誇りとのないまざる、かれらのなかの自分像は往年の勇士だったかもしれない。沖縄で少女暴行事件が起きると十万人が抗議に参集するという報道も、かれらをどこかで突き動かしていたはずだ。（シニア決死隊と当初言われた）福島原発行動隊はかれらを主体とするのではなかろうか。

3・11という、津波／地震災、そして福島放射能災が、巨大な災害として起きたばかりでなく、もう一つの災害（二次災害）と言うべき、風説に始まり、忘却させ、事実に関する別の言説にすり替えて、正面から被災を口にすることすら憚られる、ヘイトスピーチ社会の到来に抗することはいま、なかなかむずかしい。

口承文芸学とのいきなり接点ということでは、苦慮することばかりであるけれども、社会学でも、あるいは民俗学でも、容易に解きほぐせない世紀の難問は、それじたいが現代における〈口承〉の在り方を深くも問うのかと思わされる。大会および数次にわたる例会を通して、おもに大津波の記録および記憶の累積に関してであるけれども、精力的に取り組むことをしてきた日本口承文芸学会に対し、敬意を惜しみたくない。

III

出来事としての時間が不死と対峙する

ブルガリア稿

はじめに（挨拶）

（日本社会の）われわれが、チェルノブイリ原発事故からの教訓をほとんど受け取っていないことを、いま、つよく遺憾に思う。

一九九〇年代後半に、地震学者、石橋克彦が警告していた。日本列島の海岸線を、ぐるりと花輪のように原発が飾り、そのしたを活断層が走っている――このままでは、原発震災 Quake-induced Nuclear Disaster が、何十年に一度ずつ、日本での恒常的風景として起きることだろう、と。それは国際的に許されることでない。

いま、居住できない地域が、福島県を中心にして広がり、信じられない濃度の汚染である。

日本政府は先週、富士山《ふじさん》の南にある、最も危険な原発の一つ、浜岡基地のスイッチを切ることを決定した――これは英断である。

日本から真の〈平和〉が発信できる日の来ることを祈ってやまない。

（二〇一一・五・一三）

1　不死の薬

その富士山の頂上で、九世紀の小説、『竹取物語』の〈不死の薬〉は、かぐや姫の手紙とともに燃やされる（＝薬の死）。不死は一般に言って、死から蘇《よみがえ》ることだから、死と不死とに、大きな区別はない。不死の薬は薬じたいが、不死だということにほかならず、つまり薬は死んで再生する。かぐや姫は〈不死の薬〉を飲んで、この世の衣裳から脱ぎ換え、〈天《あま》の羽衣《はごろも》〉を着ると、無感覚のひととなり、昇天する（＝死）。この薬は死を迎える（来世に再生する）ために飲用したことになる。つまり、フェニックス（不死鳥）はかならず一度死ぬ。この〈不死の薬〉の話題は、十世紀の長編『うつほ』でも繰り返される、つまり話題のなかで再生する。

『うつほ』は私の場合、卒業論文で取り組むことになった。M・バフティーンの〈フランソワ・ラブレー論〉風に言えば、カーニバル状況としての『うつほ』を取り出した。男主人公、としかげが、この世の西の果てまで旅をして、楽器と秘曲とを手にいれる、異郷の探検物語に始まり、都の喧噪、ならず者たち、落ちぶれ貴族を活写してやまず、めちゃくちゃな求婚者たちの群れ、地方豪族も出てくるし、王位継承をめぐってのハチャメチャ、そしてさいごは古代の京都タワーを建ててそのうえで、としかげの孫娘が秘曲を練習し、八月十五日、ついにそれを演奏する。八月十五日はじつにかぐや姫が昇天する日付だった。会話に次ぐ会話、お笑い、崇高と下品と、これはもう、メニッポスかラブレーの著述かぐらいしか比較のあいてはあるまい。

つまりアウエルバッハ『ミメーシス』（一九四六）の第十一章「ラブレー」で読み換えてよい。巨人ガルガンチュアは〈古代〉〈中世〉の深い隠喩である。その『うつほ』が死んで、わが修士論文をガルガンチュアの口中から取り出すと、悲しいことに（！）、『源氏物語』が生誕する。『うつほ』は図体の〈大きな物語〉で、『源氏物語』はさらに〈大きな物語〉つまり大長編としてある。

2　生は菩提と煩悩とのあいだに

『竹取物語』『うつほ』の〈不死〉の主題は、『源氏物語』という大きな物語のなかで逆転させられる。仏教的な〈宿世《すくせ》〉（purva）観を背景とするこの世と、あの世＝もののけ〈霊魂、病気〉の世界との対立、葛藤、あるいは〈和解〉として捉え直され、描写はすべて〈出来事〉の連続として書かれるようになる。

物語のなかの出来事、出来事、出来事……を、物語じたいがどう自覚しているか。いくつかの仏教語にここで注目してみよう。まず、みぎに言った〈宿世〉は、ガルガンチュアの口中かもしれない。出来事は、そのなかでもたらされるだろうか。〈宿世〉という語は、「さき（＝前）の世」（生前の過去世）、「ちぎり」（前世からの約束）という意味とともに、多くの場合、将来的な結婚生活の不安をあらわす。「女の宿世は浮かんでいて、定めない」（「帚木《はわきぎ》」巻）、「おっしゃるような宿世方面は、目に見えません」（「総角《あげまき》」巻）など、結婚あいてによって女性の運命は決まることを意味する。これはたしかに現世のリアリズムにほかならない。

しかしながら、『源氏物語』に、「宿世」は語として百回以上出てくる。百用例クラスの語は一種の連呼であり、無意味や思考停止をもたらす、あまり反省のない観念語だと言ってよかろう。「菩《ぼ》提《だい》」(bodhi 死、悟り)という語は逆に、一例語である。「菩提」じたいにも〈出来事〉性はなかろう。しかしそれが、もう一つの一例語「煩悩《ぼんのう》」(klesa 惑《まど》い、迷い、あるいは性欲など)と組み合わされて、物語のなかに出てくるとき、きわめて重要な意図を指し示す表現となる。

そもそも「菩提」と「煩悩」とは、日本社会で十世紀末に、「菩提すなわち煩悩」(菩提即煩悩)あるいは「煩悩すなわち菩提」(煩悩即菩提)と言い広めたひとがいて(出典は古代インド、漢訳仏典にある、と)、まったく意味不明の言い回しであるにもかかわらず、たいへん人気《にんき》のある考え方となり、とりわけ「煩悩即菩提」は「生死即涅槃《ねはん》」(「涅槃」は死、つまり死=不死の循環である)と並べられてきた。「生死即涅槃、煩悩即菩提」と並べたひと、源信の著述『往生要集』(九八五)は、年代から見て『源氏物語』に影響を与えているのではないかとこれまで思われてきた。

しかしながら、『源氏物語』はけっして「菩提即煩悩」「煩悩即菩提」と言わない。「菩提と煩悩との隔たり」という言い方をする。この言い方には、けっして「菩提即煩悩」「煩悩即菩提」ではないという、否定がこもっているのではないか。『源氏物語』作者の主張する、作品内に作り出す「世」は、「菩提と煩悩との」あいだに横たわる「隔たり」なのだ、と。この「菩提と煩悩との隔たり」という言い方こそは第一に出来事の空間をあらわすのではなかろうか。

> ……作中人物たちを、善という状態に描く際には、善いことを選び出して、読者の要求に応じる場合はまた、めったにない悪い状態の事件を取り集めてある、みんな、善にしろ、悪にしろ、この世のほかのことでない。漢詩の才能や中国での文学の作り方は変わるし、おなじ日本社会内でも昔と今とでは変わる。……すっかり「そらごと」と言ってしまうと、言い当てたこ

とにならない。仏教の教えにも「方便《ほうべん》」ということがあって、悟りのない人はあっちこっち、お経の文句に疑問を持つけれども、言いつづければ一つのことに帰着して、菩提と煩悩との隔たりが、善い悪い程度は変わるという次第。善いと言えば、万事は無益でなくなってしまうよな。

（『源氏物語』「蛍」巻、現代語訳）

一言、言っておけば、この、『源氏物語』がけっして「菩提即煩悩」「煩悩即菩提」と言わず、「菩提と煩悩との隔たり」という言い方をしていることを発見したのは本居宣長《もとおりのりなが》（一七三〇―一八〇一）だった。

3　源氏物語のなかの出来事

『源氏物語』には、「菩提」（悟り、死）から「煩悩」（迷い）までが描かれていると言えよう。紫上という女性の死と、描かれない光源氏の死はわからないが、その光源氏の迷いと、光源氏死後の男主人公薫《かおる》の迷いとを両端として持つ、と言ってよいと思う。

（a）光源氏の歌

死出《しで》の山、越えにし人をしたふとて、跡を見つつも　なほ惑《まど》ふかな　（「幻」巻）

次の世界へと山道を越えて、

行ってしまった人（紫上）を慕うとて、
書跡を見ながら、それでもなお惑乱することよな

（b）薫の歌

法《のり》の師《し》と尋ぬる道をしるべにて、思はぬ山に踏みまどふかな（「夢浮橋《ゆめのうきはし》」巻）

仏法の師として、仏道を求める、
その僧侶を案内人にして、
意外に迷いの山に踏み込んで、
惑乱している私よな

aは『源氏物語』正編最終巻での嘆き、bは文字通り物語を終える巻の歌で、やはり迷いを描出する。どちらにも「まどふ（惑ふ）」という語が詠まれるのは、非常に意図的だと感じられる。これらを両端として、物語のなかみは〈悟り〉と〈悩み〉との隔たりのなかに、すっぽり収まってしまう広さであり、善人も悪人も、その隔たりのあいだをいろんな間隔で並ぶ。

物語作者の創造する世界が、仏教の理解にそのまま重なるわけではない。しかし紫式部《むらさきしきぶ》そのひとがゼロから作り出した現世観でなくともよかろう。紫式部は藤原道長の娘（中宮彰子《ちゅうぐうしょうし》）に仕える侍女だ。その道長家に出入りしていた宗教者が、何人いてもよいはずで、たとえば檀那《だんな》僧正《そうじょう》覚運という、源信のライバル筋の僧が出入りしていたことは確実である。中宮彰子や紫式部たち女房をあいてに、覚運なら覚運の説教のなかに、「菩提」と「煩悩」との関係を分かりやすく説明しよう

として、両者の「隔たり」というような語が使われたということはないのだろうか。それが物語作家の根幹を激しく揺さぶったというような。

4　固有信仰の世界

ところで、『竹取物語』『うつほ』もそうだが、物語世界は、「宿世」「菩提」「煩悩」などの仏教的な語彙や〈観念〉(「宿世」観など)、いろいろな儀礼(修法《すほう》など)に借りているだけで、ほんとうは固有信仰の世界が、あの世から霊魂たちをこの世に送り込み、また去って行くという構造を持つ。出来事はこの世でいろいろに起きても、それはあの世から見守られたり、批判されたり、妨害されたりして、霊魂と対立し、葛藤し、あるいは〈和解〉として捉え直される。〈出来事〉の実体はそのような対立、葛藤、あるいは〈和解〉にあると言って過言ではなかろう。仏教はそのような対立、葛藤、あるいは〈和解〉に言葉を与え、整流し、〈和解〉の機会を与えようとする。『源氏物語』はしかし、その〈和解〉を拒否する霊魂世界までをも抱え込むのであり(「総角」巻)、その点、凄絶な物語だと言うほかない。

霊的な構造として、この『源氏物語』を読むようにとわれわれを促したのが、すぐれた研究者、詩人でもある、折口信夫(釈迢空《しやくちようくう》、一八八七—一九五三)だった、というふうに私は言いたい。日本文学の展開を、折口は、宮廷女性たちの文学、それから隠者の文学、ついで「ごろつきの文学」(中世をあばれまくったひとびとの文芸)と提携して江戸の町人文学が定着した、と捉える。現代にわれわれの考える道徳は、江戸時代になって整備された武士道以後の在り方で、だいじなのはそれ以前の、『源氏物語』の「色好み」が、非難されるよりは道徳だった時代だ。そのように折口は見ている。そうすると、もののけ（霊魂）に支配されていたように見える、古代や中世も、道徳として再評価できる可能性が出てくる、ということだろう。

霊魂というのは、病気の一種で、だからすべての出来事に霊魂が絡むのでなく、個人の疾患および社会の災厄が、精神を食い破り、あるいはひとびとを極度の不安に陥れる、大きな出来事の場合に、霊能者や仏教儀礼が関与して、霊魂を意図的にこの世へ、目に見えるかたちで呼び出し、関係を修復してからあの世へ復帰させるという、出来事の最も中心になるのは、そういう異常事態の現出にある。折口はそのような霊魂を考察して、物語のなかの霊魂には三種ある、とした。

『源氏物語』においてはそれが六条御息所《ろくじょうのみやすんどころ》という女性において、三種とも発現するという。①生《い》き霊《りょう》、②死霊《しりょう》、そして③天狗界《てんぐかい》（魔道）という三段階である。生き霊というのが、古代に事例がないではないか、という研究者からの疑問がある（その場合には『源氏物語』が始めた創作ということになる）。しかし、むしろ普遍的に生き霊がベースで霊験譚や民間信仰は成り立ち、そのうえに死霊が活躍するのである。

折口は民俗学（民間習俗学）を基礎に据えるとともに、心理的実在を描いた小説として読むならば、〈不如意に、他人に憑くという、不可抗力の、人間を動かす運命小説そのままである点、近代小説としてもなお、ある価値を保つ〉（「日本の創意」一九四四年ごろの草稿）と言っている。

六条御息所は愛人だった光源氏のかたわらに姿をあらわし、恋情と怨念との区別のできない激しい感情でぶつかってくる。そこには娘の秋好中宮をこの世にのこした未練が綯い交ざり、感謝も述べるという複雑さで（「若菜下」巻）、民間習俗の降霊などではかえってありふれた構図かもしれない。折口によれば、それらのうえに立って物語の創作がある。現実の「もののけ」にはない〈怨霊の感情〉を極端にあらわすためには、天狗界の住人となって出現し（「柏木」巻）、凱歌を挙げて去ってゆく。これをさいごに二度と姿をあらわさない。調伏《ちょうぶく》されたのであろうか。少なくとも「若菜下」巻では昔の愛人の説諭に対して、ついに永劫の呪いをあきらめたとする（折口の意見）。

繰り返すと、あの世（仏教的には過去世）からやってくるもののけ（霊魂）により、しつこく現世の快楽が否定される。対して、光源氏は、異郷に起源を持つかのような、神話的、潜在的な王権を、貴種流離《きしゅりゅうり》と色好みとを通して実現するために、もののけの世界との融和、ないし緊張した関係を持続する。

5　出来事と時間

題名を「出来事としての時間が不死と対峙する」と私は付けてみた。〈出来事〉はさまざまな〝時間〟として表現される。分析してみると、まず「差し迫る時間」と、「たったいま起きたばかりの時間」とが、現在の〈出来事〉を組み立てている。「差し迫る時間」は、これから起きるに違いないことに対して、心臓がドキドキしたり、緊張する現在となる。「たったいま起きたばかりの時間」は、やはり、まだ心臓がドキドキしていたり、不安が現在につづいている。

古代日本語――『源氏物語』など――では、多く「差し迫る時間」をあらわすのに、「ぬ」という助動辞を使ってあらわし、一方、「たったいま起きたばかりの時間」は、「つ」という助動辞を使ってあらわす。「ぬ」も「つ」も現代日本語からは消えている。現代語からは消えても、感覚として喪われたわけでなく、詩などのなかにそうした感覚を取りもどそうとしたり、定型詩（短歌や俳句）では「ぬ」「つ」を使うことがありうる。

　過去という時間は「き」という助動辞を、動詞にくっつけることによって、あらわす。神話時代のことや、歴史時代のことや、自分の過去の体験などを「き」で表現する。一方で、物語には重要な「けり」という助動辞が使われる。これは過去から現在への時間の経過を表現する。「過去」の出来事が過去に終わったことを「き」は引き受け、いまに出来事がつづいていれば、「けり」であらわす。これらの「き」も「けり」も、現代語にやはり喪われた。

　出来事はつまり、それらをあらわす四種の言い方が消えたために、緊張感をなくし、過去のことがつづいているのか、終わったのか、よく分からないように現代語はなっている。現世が、もののけたちの世界と対峙していたために、緊張してきたとすれば、「ぬ」「つ」「き」「けり」の区別を喪うということは、もののけたちの世界を失くし、見えなくしてきたということだろう。

　死者たちとどう向き合い、喪《も》の作業（あるいは喪に抗うこと）によって、思いをどう死者たちへとどけるか、現代人の新たな課題となって、いま、のしかかっていると言えるであろう。

亡霊の告げ　演劇物語論

1　祭式から芸術へ

〈劇のそもそもの起源は祭式とともに古く〉……と、国文学者、西郷信綱の口調を借りることも、もう遙かになりつつある。私なども西郷から教えられて、J・ハリソン『古代芸術と祭式』（佐々木理訳、創元社、一九四一、のちに筑摩叢書）あたりが事始めとしてある。「劇がその出発点に於て神的なるものであり、その根を祭式におろしてゐるものならば、何故これらが深遠荘重の、悲劇的な、而も純粋に人間的な芸術となつてしまつたのか」（ハリソン）。無論、そういう問いのなかに、答えが巧妙に隠されている。ディオニューソスの春の大祭の日に、アテーナイの市民の一人に随いて、神殿に附属する大きな劇場に行くならば、かれらは自分の座席に対して一文も払わない。観覧料は国家が代わって支払ってくれる。座席の最前列には神職が座る。劇の演出は冬と春との大祭のときだけ行われる。全市が一種異様な精神状態にはいる。特に、上演前夜には、長大な行列に伴われて、神像が劇場へもたらされる、……

今日の研究水準から読み直す必要があるとしても、ハリソンに導かれて、祭式のさなかにわれわれが立ち、その異様とも見られる劇の形式じたいに、（われわれの言う意味での）芸術が自己目的化されてゆく過程をたどることができる（と、私にはそう読めた）。西郷が若者たちの入社式（initiation）に劇の発生を見たのも、ハリソンからのヒントがあったろう。

西郷が多くを負いながら、しかも不満を隠せなかった当のあいてが折口信夫だったことは言うまでもない。村々に春ごとに訪れてくる常世のまれびと神と、それを迎える祭における村の精霊（若者たちが扮する）との演技に、日本芸能の源流を見て取り、そこから能への達成までを見通す折口に対しては、「芸能がいかに、またなぜ劇に高まっていったか」「しかもなぜ悲劇形式としてあらわれざるをえなかったか」（「鎮魂論」一九五七、『詩の発生』〈未來社、一九六四〉所収）と、氏は不満を投げる。たしかに、世阿弥や禅竹の舞台に達成を見るならば、芸能の発生にこだわる折口の「わきの意義」（『古代研究』）をもってしては、何かと足りないように見える。「神と精霊との演技は、むしろ喜劇的なものへとつながり、悲劇を孕む母胎はもっと別のところにあった」（同）とは、そこを言い当てようとしている氏かもしれない。

とはいえ、四十年の歳月をへて、われわれは何ほどのアイデアも加上できないままにこんにちに至る。折口そのひとが、芸能史の起点を何度も書きつづけたことじたい、この巨人をして未解決の野に問題を曝させたのであり、西郷、そして益田勝実もすでに亡い。次代へのいくつかの課題をのみ書き出しておくことにしよう。

2　神話の定義、神話紀

益田からは、ずいぶん私などの考えあぐねさせられた箇所を引用しておこう。と言っても、あい変わらずクロード・レヴィ＝ストロースが「神話」について述べた箇所で、「《神話》という観念は、自然現象を説明しようという試みや口承文芸や哲学的思弁、さらには言語学的過程が主体の意識にのぼった諸例を、一つの同じ用語のもとに蒐集するためにわれわれが勝手に用いている思惟の一範疇だ」（『今日のトーテミスム』仲沢紀雄訳、みすず書房、一九七〇）と、益田の『記紀歌謡』（日本詩人選1、筑摩書房、一九七二）のなかに引く。益田の論は土居光知批判の一節で、土居『文学序説』（一九二二）によると、「日本の神話的伝承が祭礼儀礼から発し、原始劇の形態をとって広く行われていた」（益田による要約）のだという。そういうときの「神話」という語がいかにも無雑作に、その重層的な意味に対して無批判的に使われるかを批判する文脈で、適切にレヴィ＝ストロースを益田は引く。

古代を論じるときに、神話なる世界、あるいは「神話」という語を避けて通れない。そのことは古代演劇の発生を考察するにあたって、まさに降りかかる。私はこのような搦め手で立ちすくんでしまう。儀礼や祭式と対応する、神話なる世界が確乎としてあるのではなかろうか。しかし、それを儀礼や祭式を通して探求するというのでは堂々巡りになるし、かといって、記紀「神話」から探求するというのでも、それじたいが神話かどうか、議論はこれからである。ようやく、このごろになって、解決の糸口をつかんだようにふと思えたので、日本昔話学会で発表させていただいた（「昔話と物語」、二〇一二・六）。ほかでもない、レヴィ＝ストロースそのひとからヒントをもらう。『神話論理』（一九六四—七一）の第四巻『裸の人』の最初に、ネイティヴ・カナディアン、同・アメリカンのルーツが確認されていて、ベーリング海峡が陸続きだったときに、新大陸であることを気づかないひとたちが、旧アジアからやってきて、内陸に這入り込む。日本でいうと縄文時代にあたる。マザマ火山の爆発は前四六〇〇年である（日本でも桜島あたりの大爆発で南九州が全滅し、生きのこされたひとびとの過酷な移住が始まる）。世界史的には新石器時代に相当する、と。〈新石器紀〉である。

『神話論理』を除いて、現在、神話を定義できる場所はないはずだろう。この時代を〝神話紀〟と名づけよう。〝神話紀〟に言う神話は、『神話論理』に見る無慮一千という起源伝承を、旧アジアから引きつづいたと考えてよければ、そのごく一部にしろ、ごく近接する、日本「列島」に流れたはずだ。われわれの縄文時代に行われた説話のありようを『神話論理』から知ることができるという計算である。縄文土器や土偶、土面から、かれらの哄笑や音楽、神聖な語りやおしゃべりなどの言語活動が聞こえてくる。ハイヌウェレ型の女神を始め、蛇神さま、蛙神、雷神などがかれらの祭祀では大活躍していたはずだ。得体の知れない獣神にしろ、人体のように見える文様にしろ、かれらは激しく舞踏している。現代のわれわれからするとどうにも曖昧さに充ちたアルカイック社会に所属する神々たちやひとびとであるにしても。

神話は土器のうえでの文様に見るような、舞踏と対応するということが始まりだろう。古代演劇の最初はこの神々や獣やひとびとの舞踏に宿ると見てよかろう。

3　昔話紀からの悲しみの発生

〈間《かん》〝神話紀〟〝昔話紀〟（民話紀）〉と言うべき期間は、「危機」期として、口承文学の大量発生がある、という見通しだ。稲作以前から稲作へ、という移行には部族間闘争が伴ったとすると、征服型のそれは男を皆殺しにして女を確保する（出産要員として家族化される）。その場合、前代の、記憶や遺存させるべき伝承が、「母」から「子（女子、男子）」へ大量の説話となって伝わる。村落や民族起源にかかわる新しい伝承は、祭祀や儀礼（男子成年儀礼など）によって保存されようが、母たちは幼い子に亡滅させられた前代を語り伝えることだろう。

昔話に矛盾のいっぱい書き込まれるのが、何よりの証拠だろう。一族の男（父や男きょうだい）を殺された女は悲しみに暮れるだろうか。前代の殺し（瓜子姫もあまのじゃくも殺される）が昔話となって語られるためには、悲しくもなければ残酷でもないそれらのなかに、何らかの感情（惻隠というか）もまた発生するのでなければ、そもそも昔話が〝こちらがわ〟へやってくる正当な理由がないことになる。

昔話「食わず女房」について言うと、女房という呼称の通り、囲炉裏を共同する家族化された女（蛙神や蜘蛛《くも》女《おんな》）であり、縄文土器（稲作以前である）を想わせる頭の開口部へと、握り飯（〈餅ならぬ〉うるち米で作った糧食＝稲作以後）をかけ声（戦士の攻撃のように聞こえる）かけて放り込む。稲作以後とは弥生時代にほかならない。以前と以後とがぶつかりあう矛盾にこそ昔話が生き始める。そのあと、彼女は前代へと去る、つまり鬼形の山姥になって彼女自身の矛盾を「解決」する。〝昔話紀〟

が始まり、ここから長々とつづく。

農村社会の祭礼が稲作儀礼を中心にして、人身／動物犠牲を伴っていたことは十分に想像の範囲内である。

4 〈俳優〉たちの態、仮面

古代演劇の演じられる場所について、日本だと、①祭式や儀礼の場、②歌垣の場ということ以上には、推測を出る材料がない。『日本演劇全史』（河竹繁俊、岩波書店、一九五九）は、日本演劇の歴史をだいたい伎楽の渡来に始まるとしつつ、原始芸能として、天のうずめの「半裸舞踊」と、海幸山幸／干珠満珠伝説の火闌降《ほおり》の「滑稽演技」とを挙げる。

伎楽（仮面を使用する）、舞楽の渡来を「演劇の起源」と言えるかは判断を保留しなければならないし、天のうずめのダンスは舞踏や神憑《かみが》かりの起源説話であっても、また芸能の発生説話であっても、演劇に進んだ形態と言えるか、やはり保留したほうがよい。火闌降の「滑稽演技」はたしかに「俳優《わざをき》の民」（『日本書紀』神代・下）と称され、『古事記』では火照《ほでり》が「溺るる時の種種の態《わざ》」を演じる。隼人舞の服属儀礼を所作とともに伝承してきたと言うことができる。態を演じるというところに芸能の起源らしさを窺える。ものまねとしての所作には演劇への一歩が確保されていると認定してよいのではなかろうか。

断片的な記述しかできないにせよ、翁猿楽の発生を、野上豊一郎らは農民歌舞（田楽ないし田儛）に見たのだろうし、「散楽」移入説（河竹）や、呪師の関与（能勢朝次『能楽源流考』岩波書店、一九三八）、ワキ＝もどき、副演出に見ようという考え方（折口）など、学説を巡らせるつど、私は田植え行事にも仮面が見られ（柳田国男「日を招く話」、『妹の力』〈一九四二〉所収）、ほかでもなく翁舞が仮面劇という性格を持つことに、深く思いいらざるをえなくなってくる。

乾武俊『黒い翁』（解放出版社、一九九九）は黒いおもてを凝視する（後述）。黒尉＝三番叟に古層を見ていたのは折口。私はさらに、（乾のヒントをへて）肉色のおもてや肉付きの面に人身犠牲のあとを見たいように思う。逆剝ぎの人面（あるいは獣面）ではないか。むろん、そうした服属儀礼を「ものまね」化していったところに、古代芸能ないし劇が胚胎するという見通しであり、溺死を演じる火照の迫真と、別の演技ではないはずだ。

5　演じられる場所と所作

古代歌謡のじつに多くの場合が歌謡劇だったろうとは、土居光知の『文学序説』が原始劇を説き、益田は『記紀歌謡』においてそれを発展させる。土居はよほど祭式儀礼（神祭り）に近づけて原始劇の発生を説いた。一方で、高床式の家屋を刻する鏡の文様を引いて、舞台なるものがあったと説く。記紀に見られるあめわかひこの喪屋の儀礼に鳥たちの所作を読み取る。河雁はきさり持ち、鷺はほうき持ち、翠鳥は御食人《みけつひと》、雀は碓女《うすめ》、雉は哭き女で、八日八夜を遊ぶ（『日本書紀』でもだいたいおなじ）。滑稽味が神々の笑いくつがえるさまを引きずり出すとしても、やはりそれは神祭りの一環なのだという。「遊ぶ」とは魂を呼びもどす儀礼を言う。かくて、日本の神話は原始劇の形態を持っていた、と土居。

益田の土居への疑問は、舞台の存在を確信できないところにもあるけれども、やはり、依然として、儀礼と所作との格差をいま一つ説きがたい、というところにあったろう。土居が神話と原始劇とをかさねるのに対し、益田は「神話」をむしろ喪失して行ったところに演劇を見ようとする。歌謡劇という時代を神話そのものの演じられた時代から一歩ぬけ出るところに見ようとしている。

これはなかなか厄介な問題で、神話をどう位置づけるか、私としては、レヴィ＝ストロースを引いたように、最末開的な在り方に神話を設定したい。いつの時代でも神と人との交渉説話はなくて済まされない。

歌垣の場になると、よほど神話を離れて古代演劇の発生地点だという見通しが一般にある。二つ、三つ、『古事記』から挙げるならば、

①七媛女が高佐士野に遊行するときの、大久米と（神武）天皇との問答歌。伊須気余理比売《いすけよりひめ》と大久米との問答歌。（中巻、神武記）

②軽太子が大前小前宿禰の家に逃げ入るときの「宮人振」歌。（下巻、允恭記）

③袁祁《をけ》（顕宗天皇）と志毘臣《しびのおみ》とが「闘《かが》ひ明かす」歌群。（同、清寧記）

が、いずれも歌謡劇ではなかったか。

①は七媛女が縦一列に並んで進行するさまや、大久米の刺青の貌が仮面のように受け取れる。②は大前小前宿禰の、手を挙げ膝を打ち、舞いかなで、歌いながらやってくる、という所作。③は文字通り歌垣における歌問答である。遠藤耕太郎は歌垣をアジアの歌文化の視野で研究する一環で

（『古代の歌』瑞木書房、二〇〇九）、顕宗が歌垣で女性を獲得するプロセスを、ミャオ族およびイ族の口誦ならびに経典レベルの説話に比較する。いずれも歌会で女性を獲得する共通性がある。歌会が実際に演唱する場所であることと、歌垣という場で、起源説話を「ものまね」として演じたろうということとのギャップは課題としてのこる。

宮廷歌謡（古代歌謡）へ吸い上げられて初めて文献上にのこるのであって、農村での祭礼では歌垣が普通に行われたろう。

6　異客、まれびと

芸能者や服属儀礼に由来するのをも挙げておくと、

④矢河枝比売に求婚するときの、（応神）天皇の歌。（宇遅能和紀《うぢのわき》郎子生誕譚、中巻、応神記）

⑤国主の奏歌。（同）

というようなのが、確実に古代における「ほかひびと」の在り方や、遠い日の服属のさまについて大嘗祭儀礼として演じてきたことを如実に示す。④には蟹の所作があり、⑤は口鼓を撃ち、伎をなして歌うという。

海を越えてやってきたのがあるのではないか。さすらいの芸能びとが、海沿いでくぐつ、人形回しとなり、あるいは習合する。農村にはいっては田舞から翁芸へ、原型を形成してゆくことだろう。宗教施設（―仏教）にあっては呪師となるようで、猿楽の徒として定着するかもしれない。なお、『古事記』のさる（＝猿）たびこは先住民族に由来する神で、服属儀礼を演じる。猿楽の原型は先住民族にあったろう。

ドラマ（drama）はドラーン（doran〈行為する〉、アリストテレス『詩学』）だという、語源説にふれておく。ドーリス人がドラーンと言うのに対し、アテーナイ人はプラッティン（名詞形 pragma）と言うと。民主政治が導入されて、他人を諷刺、批評することが自由になると、喜劇（komoidia）が成立する、とも言われる。komoidos（喜劇役者）とは、祭で浮かれ騒ぐこと（komazein 行列しての乱痴気 komos）に基づくのでなく、（ドーリス人によれば）さげすまれ、町から追われて村から村へ（カタ・コーマース）さすらったことから名づけられたと考える。岩波文庫訳注によれば民間語源説ということになるけれども、都市《デーモス》対村落《コーメー》という対立や、市中での座付き役者以外のさすらいの旅芸人の存在を示唆する記事だと言える。

7　フルコト紀、芸能者

〝フルコト（古事、古語）紀〟（＝「旧辞」紀）になると、およそ『古事記』や『古語拾遺』から「神話」や「歴史」を覗き込める。『古事記』の母胎に「旧辞」があり、さらにその原型にフルコトがあった。フルコトは「古事、古語、旧辞」など、七世紀にはいりいろいろ字が宛てられても、三～六世紀（中心は五世紀）古墳時代の古伝承であり、固定的な言い回しを持つ。豊富に古代歌謡をのこす。

古代歌謡には残虐な戦闘行為が見られる（来目《くめ》歌など）。いや、「残虐な」という前提はよくない。残虐と感じられるようになる移行期に歌謡が発生する。残虐と後世から見ること、たとえば〈敵戦士の肛門から刀を入れて真っ二つ、瓜のようにばらばらに屠ること〉を、残虐と思うか思わないか、分岐点にフルコトは置かれる。かれらの儀礼的な嘲笑という performance は知られるところだ。

歌垣に保存される、（その歌垣じたいの）起源伝承は、奄美の歌者《うたしゃ》たちの伝承／活躍に見る通り、「元歌」があり、その主人公たちになって歌を掛け合わせる。むろん、「婚活」としての男女言葉の掛け合いという儀礼が原型にあってよい（折口は柴折薬師のそれを引用する）。「元歌」の説話を綴っていったのがフルコト（『古事記』や『日本書紀』の歌謡説話――影姫のそれや目弱王など）だろう。歌謡劇の保存状態であり、古代演劇の始まりと見てよい。村芝居（奄美の諸屯芝居《しょどんしばやー》を思い浮かべる）は、太古よりの、なくて済むまい performativity の母胎である。

さすらいの芸能者が海浜地帯や農村に定着してはまた離れてゆく、折口が「国文学の発生」一～四稿に見取ってきた発生史はここだろう。大陸でも、古韓国でも、同様の見通しがあってよいはずだ。

8　人身犠牲と被差別

乾武俊『黒い翁』は、白い翁よりいちだん古いのが黒い翁だとする折口に共感しつつ、しかし、なぜ赤い仮面から叙述を始めるのか。『古事記』の天の斑駒《ふちこま》はさかさまに皮を剝ぎ取られる。そのように剝ぎ取る敵の戦士の裏返しの顔面に仮面の発生を見てよいのではないか、と（仮面には表裏がある、と）。血の色であるけれども、むろん擬制化された演劇性を有するという見通しとしてある。肉付きの面とはこれか、千葉県虫生《むしょう》（弘済寺）の鬼来迎《きらいごう》＝地獄仮面劇を想い起こそう。『源氏物語』には赤い神楽面（おもて）を思い合わせるところがある。同様に、黒い仮面はどこから来たのか、竈神なんかをもを私はかなり思い浮かべる。白い仮面はせいのう（青農）やのっぺらぼう（板面など）を視野に入れる。折口は翁の発生をばかり考えて沖縄にうろうろしていたときがあったという。で、折口はそれを確かめたのか。折口にして確かめえない難問に、乾を筆頭にわれわれは挑戦しなければならない。

芸能の視野の始まりとともに、あるいは関連させて、古墳時代を彩る文化的な革命は、人身犠牲を終わらせる点において（埴輪は知られるところ）、神祇信仰の成長と、それを促したかもしれない仏教の導入との関係を凝視したい。いったい、神社という神社の古代における「成立」説話の、少なくない場合が、人身犠牲の擬制化をテーマとし、あるいは現代にのこる神社が、それの擬態を演出する祭儀をこととしており、例外を探すのに苦労するぐらいだ。

巫女を馬上に乗せ、ちごの顔面を白いけわい、赤いしるしで塗ったくり、渡御をわいわい見物し（賀茂斎院しかり）、女性を神の妻とし（伊勢斎宮など）、包丁で切るまねをし、鶏は人臭いなど言い、年男は、神役の男は、物忌みたちは死すとも祝福され、生祠あり、軍神あり、近世においてすら、祭のなかでは人身犠牲が行われたかもしれない神社をわれわれは知る。とするならば、仏教思想の導入と神祇信仰の古代における成立とがほぼ同時であることの意味深長さに思い当たる必要がある。人身犠牲をやめさせて擬制へと昇華させたのは実に仏教者たちの功績ではなかったろうか。

その仏教信仰が実際に手にした切り札とは何か。差別／被差別を現実的に発生させることにあった、と見たい。差別されたひとびとをこの現実界に現出させることにより、人身犠牲という聖別を「けがれ」へと一義化したのは仏教者たちであったと。古代が賤民という階級を作り出してそれを担わせ、また現実に肉付きの皮を剝いだり、戦闘者の死体を処理したり、死刑を行使したりと、古代における大きな「革命」である、賤民階級を成立させるとは、その一翼を仏教が推し促したと見るべきではあるまいか。これがインドにおける仏教、中国やその周辺での仏教と違うかもしれない、日本社会での仏教の被差別構造の具現として、特殊と言えば特殊な位相であることを見逃してはならない。

「けがれ」を担わせるために芸能者がその近辺から出てくる。「すさのを」に罪を担わせて追放するありように習合する。折口はいくらも踏み誤りつつ、「すさのを」がまれびとであること、まれびとの「ほかひ」のわざとして芸能が発生するおおよそをよく捉えきった。「つみけがれ」という曖昧な語をよくぞ神道者は作ったものだと感心する。

以上、人身犠牲の禁止と差別／非差別の発生という相関関係について注意を凝らした。

9　人身犠牲の終わりを求めて

トロイア戦争十年ののち、ギリシア軍は王プリアモスを始めとして男を皆殺しにし、女は捕まえる。さきにちらと述べた、古典的な戦争が〈虐殺・陵辱・掠奪〉という三要素からなるとは、この際無視しえない注意点だ。プリアモスとヘカベとのあいだの末子ポリュドロスは、トラキア王ポリュメストルによって殺され、同、娘ポリュクセネは勇者アキレウスの魂を慰めるために人身犠牲に供される。刑場への引っ立て役がオデュッセウス、コロスは捕虜のトロイアの女たちと、まったく〝役者が揃っている〟というほかはない（エウリーピデース『ヘカベ』）。

おなじく、エウリーピデースの『バッカイ』（逸身喜一郎訳、岩波文庫）によると、狂えるバッカイたちの一人、アガウエーがわが子を八つ裂きにするとは、ディオニューソス神に捧げる人身犠牲であるかのように私には見える。

戦争とは、敵対する戦闘あいてや捕虜を八つ裂きにする行為と考えれば分かりやすい。城壁に人身を築き固めるのもその一連である。戦争という神に捧げる人身犠牲だと見れば、もっと分かりやすい。そのあわれな遺制が人柱説話として諸種見られる（南方熊楠「人柱の話」一九二五）。死刑も分かりやすい人身犠牲をなす。キリスト教がキリストの磔刑（人身犠牲という死刑）に始まることを思えば、現代にのこされた宗教の起点として〝評価できる〟というか、人類史の根源的な問いをいまに提出しつづけていると思われる。

戦争という人類的な悪を辞めさせるためには、その根源的な成立理由を曇りなく明るみに曝すことから始まろう。亡霊たちの登場が促されるのはそんな文脈のなかにあるのかもしれない。演劇に舞台が真に必要とされる理由に亡霊に居所を与えるということがあるのではなかろうか。

10　亡霊たちはどこに

能を観ながら、われわれが想うのは、亡霊との対話の可能性と不可能性ということだと思う。知盛の霊も、静の霊も、近代人、信仰喪失者のわれわれが、それらと真に〝交わる〟ことはない。無難で安全な位置から眺めやるファンタジーだ。歌舞伎場では膝に「台本」をひらいたり、知ったふりをしたりして、みなささやかな「研究者」でいられる。お初や徳兵衛は生前の姿で（だから人形である）眼前にふるまう、だからかれらは亡霊であり、かつ亡霊でない、ファンタジーとしてある。

アテーナイ人と違って、われわれが観劇料を払うとは、無難で安全で知的な座席を一人分、確保することだろう。トイレに立つことすら許されず、金で買った座席にただひたすら閉じ込められる。観客たちがシェアするとはいえ、金を出して買った以上、そこは役者たちが出張販売にやってくる私たちの自習室、日常の多忙さから逃れられるいっときの安全地帯である。舞台が終われば我に返って、帰宅の足どりのさきには日常生活が待っている。

しかし、近代の亡霊は確実に観客の病脳を日常の暗部で浸食しているのではないか。亡霊は語らず、解き放たれて、この汚土に撒き散らされ、まつりごとびとたちの心奥に巣くい、企業家をして最低の経済倫理すら喪わしめ、研究者たちの御用へと先回りし、多くの文学者たちからは、よき言葉を奪う。よきひとびとの良心はいとも簡単に亡霊たちの巣窟と化してゆく。「良心たちよ、それでよいのかね」と、亡霊たちは良心に働きかけもする（いわゆる両義的存在だ）。知らず識らず、金曜ごとの抗議デモへとひとびとを赴かせるのは、やはり亡霊のしわざだし、芸能界から干されても立候補する若者のためには、一掬の涙を惜しまない亡霊たち。善良と邪悪とのあいだにたしかな境界はない。

芸能史に第一に亡霊は宿る。演劇は亡霊との関係をうまく取り付けようとする装置だろう。亡霊を送ろうというマネージメントとしてであろう。そこに芸能と演劇との分岐する場所がひらいていよう。芸能と演劇とを横断する物語が、上手に働かなくなってしまうと……。演劇物語論を喪うとは、亡霊の跳梁のなすままにすることだろう。

見えていないことが、そこに「見える」。擬態という語を使ってみたい。懸け詞のような技巧にしても、擬態を産み出す装置だろうから、演劇で詩歌の言語の使われることの根拠となろう。観客(ミテ)をはっと気づかせ、予期させる舞台上の雰囲気的変容(身ぶり、姿態、音楽、装置、……)は概して擬態としてある。前ジテ(亡霊)は擬態であり、後ジテ(これも亡霊)の出現は擬態をぬぐことにほかならない(というような所作にしろ擬態である)。

『ペルシャ人』(アイスキュロス)ではクセルクセス王の父ダレイオスが亡霊だし、クリュタイメストラは『供養する女たち』で殺されたあと、亡霊になる(『慈《めぐ》みの女神たち』)。エウリーピデース『ヘカベ』は非道《ひど》い話で、殺されたポリュドロスの亡霊の登場から始まる。阿闍世王説話、桐壺院の亡霊出現、あるいはハムレット。井上ひさし『父と暮せば』をも想い起こそう。

11　文楽・歌舞伎と能との区分

　文楽や歌舞伎と、能とのあいだには、対照的な区別がある。一方は語り芸に一つの中心を置き、もう一方はウタウという芸に中心を定める。両者は互いに出どころが違うのだろう。ロマンチックに言ってよければ、海からと山からとの差異かもしれない。

　海から上がってきたひとびとが、くぐつを糸（＝あや）吊り、人形振りをこととして、ついには街道すじに繰り出し、何場にもわたる史劇を用意して、聴く者らに臨場感を与え、大きな慰撫をもたらす。語りという技術を発達させる。説経語り、文楽、歌舞伎。

　山から下りてきた翁たちは、ものまね（物真似）から開始し、うたい（謡い）を基本の芸として、（折口の言う）副演出に次ぐ副演出で、過去世界に亡霊鎮撫を求める。また狂言を分出する。猿楽、田楽、能楽。この方面で批評の領域に特異な達成が見られるのは歌学との関係かもしれない。

　文楽および歌舞伎のある種の成熟は、シェイクスピア劇や近代演劇と、どこまでも類推できるだろう、とだれにでも分かるとして、一方の能という芸の境域については、なかなかそれに類推させるあいてを見つけることができない。奇蹟劇（miracle）や神秘劇（mistery）などの宗教劇には、壬生狂言（大念仏講）や鬼来迎などを媒介項として、ある程度類推させられるとしても、能という芸域を凝視するや、その亡霊劇のかずかずを世界の芸能に真に類推させることはなかなかむずかしい。夢幻能とか、救済というテーマとか、たかだか近代において確立し喧伝された能の鑑賞法というのはどうにも邪魔に感じられる（だいじだとしても）。

能勢の『能楽源流考』によれば、①貴族クラスの猿楽では、『うつほ』『源氏物語』のなか、『枕草子』『蜻蛉日記』などの「さるがう言」を視野に興味が尽きない。②賤民猿楽（『新猿楽記』ほか）、③呪師考（仏教起源説への「批判」）、……と、能勢は能楽以前にそれ以後を育む要点があるとし、いくつもの芸能が折り重なるさまに能が生きると論じる。現行の能以前でその折り重なりを見るとはどうすることか。ドーリス人でなくとも、村から村へ（業病を負いながら）さすらう芸能としては、折口の「身毒丸《しんとくまる》」をヒントに田楽を幻想したいし（徹宵の田遊びや田楽〈水海《みずうみ》、西浦《にしうれ》、花祭、新《にい》野《の》、板橋……〉を想う）、黒川能はこれも徹宵であり、自分の最初期には能郷白山のふもとで見た猿楽能もつよい印象をのこしている。でも、ついにまとめることなくこんにちに至る。

想うのは文楽・歌舞伎と、能との、どんなに相互浸透があろうと（目を眩まされてはならない）、その奥の深い〈断絶〉である。

文楽を東京などでの公演のたびに、昼の部で見て、そのまま居残って夜の部をも見る、というようなことを一時、私は繰り返した、しかしあるとき、私は義理だか何だか、下らない理由で子供を殺すという、「近世」の「道徳」か「悪」か知らないが、何とも耐えられなくなって通うことを辞めてから、もうどれほどが経つのか。発言権のない私だ。

12　演劇／芸能の言語

文法がダイナミックに生成する現場として、まさに演劇（―芸能）の言語があるのではないか。

人称（そもそも演劇に由来する）、舞台（中心がなければならない）、仮面（神事、歴史、物語、差別性を持つ）、見る／見られる（ミテとシテ）、ジェンダー（ワキ、宗教者、子役）、身ぶりと声と、それに詩歌言語の取り込みを特色とする。さきに述べた語で言えば、〈擬態〉または亡霊の出現というようにまとめられるかもしれない。夢幻能と現在能との区別など意味がない。一方で、物語が得意とする〈時間〉はおよそ演劇言語の不得意領域となる。台本もまた枝葉末節に属する（台本をいくら分析しても演劇に至らない〈近松は例外かもしれない〉）。

芸能や能の詞章（文献、非文献を問わず）は、現代語（発生時においても、伝来、演出時においても）であり、それと詩歌の言語（和歌文化の伝統を継ぐ）とからなる。二元的ではないが、現在にのこる詞章を分析すると二元的あるいは多元的になるのは仕方がない。

・候文（ワキのセリフ、シテの問答……）
・韻文（詩歌の表現、地謡……）

能勢の言う数百年の賤民猿楽以来の、源流に継ぐ源流が層々重なる世阿弥のテクストに感嘆の声を惜しまぬとともに、われわれはやはり、その「源流」そのことに飽くなき関心を抱きつづけたいと念願する。ちなみに源流とは文字通りいくつもの川（流域の地下水を含む）からの流れであり、それに対して「起源」は何らかの成算により構築される作業からなる。前者を究めることはほとんど不可能だとすると、後者を積み重ねるしかないにしても、そのあわいに始原や発生をなお夢見たく思う。

演劇、映画、民間芸能や古典芸能については「これから」という機運ではないか、物語学的に避けて通れないのでは、と思われる。performativity が一方に言語行為論（オースティン）その他を想い起こさせる、議論が絶えずそこに回帰する（そこから始発する）という特色を有する。ただし、物語学としてはどうだろうか。テクストを手放さない物語学が、琵琶法師の演唱、近代文学の動態、サブカルチュアの視野などを新たな糧として、研究のすそ野の拡大をさらに目論むという時に来ているように感じられる。

13　物語論の進展

学術団体物語研究会が、年間テーマという方法を前面に出したことについては、一九七〇年代初頭という、アクティヴな歴史情勢下に、何物かにしいられるようにして発足するとともに、共通の話題作りに活路を見いだしてきたその後がある。現在からは反省点を少なしとしないにせよ、初期の苦悶期をへて、否応なしに時代の後退期を演出する、ヴァライエティに充ちた、いわば一九七〇〜八〇年代の「ポストモダン」的課題に彩られるという、宿運を印《しる》しづけられたかと思う。一九九〇年代のあとの拡散時代には、各研究者にとり、たしかな収穫期を迎えていた一方で、なお取り組まねばならずして「いまだし」というテーマもあり、方向作りじたいがまた議論を呼び起こして、研究の進展を促すこととともなった。

物語研究会という名の通り、大きな〝物語〟を含む、さまざまな物語がテーマをくぐりぬけてゆく、そこに本来の専門家集団としての文学テクストとの格闘が、つぎつぎに実っていったし、日々親しむ古典世界からは〝歴史〟という課題（歴史認識、歴史哲学）が迫ってくるし、現代に生きる〝若者〟群団としては、「ポストモダン」と切り結ぶ関係の一方で、サブカル的文化との甘やかな関係も避けてはならなかった。

演劇が〝物語〟をうちに含むという視界からは、映画そして舞台芸術から劇画タッチの出版文化までに広がり、それらは物語研究会のテーマ性と親和性があると判断してよいと思われる。日本語の文化圏で、世界とともに、いつからともなく発生する演劇であり、時代をつらぬき（猿楽能、浄瑠璃を産む）、芸能や身体芸とどこで分岐するか難問で、現代の先鋭な演劇集団の行く末はまだまだ見通せないという、あまりに大きなエリアであるために、物語論との接点を考えあぐねる。

物語が得意とする〈時間〉はおよそ演劇言語の不得意領域となる。台本（詞章）もまた枝葉末節に属する（台本をいくら分析しても演劇に至らない）。物語との分岐点は、時間を巡ってなら、きっとあるに違いない。

〝物語紀〟は、およそ〝プルコト紀〟の終焉（七、八世紀）から十三世紀ぐらいまでを指す。浦島子の神話ないし昔話と早くから接触しつつ、九世紀を〈歌語り〉でくぐりぬけて、十世紀以後、文学を領導する。〝ファンタジー紀〟とかさなりつつ現代に至る。ファンタジーとはだいたい、中／短編の（長編はいま除いて）予定調和的物語と解していただきたい。「めでたしめでたし」や予期される結末にむかって調和的に書いてエンタメや宗教的ないし人生的ガイドをなす、御伽草子から現代の文庫本小説まで一貫するので、ひとくくりとしたい。

明治二〇年代（一八八八〜）あたりに、予定調和を外れる一群の小説、一葉や柳浪らの文学を見る。長編の場合では、『源氏物語』から漱石まで、予定調和を大きく逸脱するから、ファンタジー紀の定義にかならずしも当てはまらないか。

ファンタジー紀は御伽草子、ルネサンス時代、キリシタン文学、読本、明治時代文学をへて、こんにちにつづく。ファンタジー紀のあとは考えられなくてよいとしたい。どんなディストピアを構想しようと、それらはファンタジーの得意とするところなのだから。

新しい文学〈視〉像を求めて　石牟礼道子『苦海浄土』を巡り

1　「正確な日本語」

講演というかたちで、でも何か重苦しく、逃げ出したくなる役割を引き受けておりますが、会場に懐かしい方もたくさんおられて、お会いできるのはうれしいことです。どこまで話ができるか、まったく自信はなくて進めてゆきます。

今回の話の中心の『苦海浄土』（「くかいじょうど」と読みたい）は、池澤夏樹さん監修による河出書房新社の世界文学全集に、いわゆる世界文学のさいごの一冊として、『苦海浄土』三部作（第一部「苦海浄土」、第二部「神々の村」、第三部「天の魚」）がはいりました。『苦海浄土』が世界文学の全集に、しかも全編が初めて組み込まれたかたちです。

3・11の直前、二〇一一年一月の発行です。刊行してまもなく、三陸から仙台、福島以南にかけて、東日本の海岸地帯が津波に飲み込まれたのです。福島第一原発による放射能災は内陸にまで深刻な被災をもたらしました。

若松丈太郎さんは南相馬市小高《おだか》地区で活躍する詩の書き手です。そこは福島第一原発に近くて、大きな被災地になりました。小高地区を始めとする、市の南半分がそのために人の住めない状態になりました。

その若松さんが、チェルノブイリ(一九八六・四・二六)の原発事故の八年後、そこを訪れて書いた「神隠しされた街」という作品は、まさに予言的と言ってよい作品として著名になりました。南相馬市の被災住民の避難するようすが神隠しに遇うようなすがたを想像させて、3・11を予言する作品になっているのです。

3・11のあとに、若松さんはこのように書いています。


『苦海浄土』を事故後に読み直して、改めて、自分もああいった正確な日本語で表現できたらいいなということを考えています。

(『日本経済新聞』二〇一二・五・一九夕)


この「正確な日本語」という言葉に立ち止まりたい。『苦海浄土』は「正確な日本語」と言うほかないと私も思います。「正確な日本語」というのは何だろうかと考えてみたくなりました。

2 科学の言葉はたいせつだ

正確な日本語で書くとはどういうことなのだろうか。『苦海浄土』は「正確な日本語」だと言う。3・11を引き受けること、避難者に寄り添い、ひとびとの被災をいろいろなかたちで、いろいろなひとが表現する、正確な日本語でそれを書くとはどうすることなのか、と改めて思うのです。

正しい日本語というのとは違う。語数を費して表現する、というのとも違うようです。われわれは普通にならば、不正確な表現をやって平気で、いつもはそれでよいのです。必要などんなときに、正確とはどうあることなのか、そしてどのように記述することなのか。

若松さんは3・11に向き合おうとして、『苦海浄土』のように書くことが「正確な日本語」の条件だと考えた。原発事故後に読み直したということがだいじなので、住めなくなった放射能災の地をまのあたりにしたとき、『苦海浄土』とかさなってきます。若松さんにとって、被災地と根源的に向き合うことが正確さの始まりなのでしょう。

正確な、と言うとき、一方で科学や技術からの言葉が思い浮かびます。岡本達明さん、西村肇さんによる『水俣病の科学』という本が、二〇〇〇年の初頭に出ております（日本評論社）。水俣病について〈科学〉がどう考え、どうあるべきかという問題ですが、正確な日本語と言おうとすると、正確さを保証するためには第一に科学者がしっかりしてくれなくては、という前提を押さえる必要がある。

3・11での原発事故において見られたこととして、多くの論客が語り、また文学者もいろいろ表現しました。これはたいへんよいことです。でも、科学者や技術者がまず正確な判断を下し、指針を与えてほしかったと思います。ところが、科学者、とりわけ会社の技術部門にいるひとたちや、利害のあるひとたちは、発言すると組織の中で孤立してしまう、あるいは学会で立場がなくなる、といった配慮もあるのでしょうか、言いたいことが十分に言えないとか、いろいろ知っていることはあるけれど黙ってしまうとか、そのようなことが起こってきます。そこが壁になりました。医学関係でもひどい心ない発言が多々見られました。

3・11では、そういうことがつぎからつぎへと出てきて、結局のところ、いまだに分からないことが、つまりわれわれ一般の人間には知らされていないことが、たくさんあるのです。危険な状況にいまなおあるということを知らされる。そういうときにこそ正確な情報をまずちゃんと内部から、科学者・技術者から出してほしいし、出さなければならない。

岡本さん、西村さんの『水俣病の科学』については、反論が出たり、告訴されることがあったりしました。科学者の言葉には、だいじなこととして、同時に反証の可能性を含むということがあります。つまり反論させてそれを克服してゆくのが科学者の言葉ですね。それでなくては、一方的で無自覚な疑似科学みたいな言葉になってしまう。必要なのは反証可能性ということなのですが、しかしそこに同時に科学の持つ難問もあるのです。

どういうことかと言いますと、科学者の勇気ある言葉がまずあるとして、反論するがわが反論することで、結果上、時間稼ぎをすることも起こってきます。したがって、科学者の言葉は遅れたかたちで出てくることになります。一般に研究者の言葉はそういう遅れのなかで進まざるをえないということでもあります。

それに対して、支援する言葉は、遅れることのできない言葉です。石牟礼さんがちゃんと書いておられることですが、「支援者の言葉」とは、「支援する」こととはどういうことでしょうか。

3　支援する言葉

宗教哲学者、イバン・イリイチ氏と、石牟礼さんとは、対談のなかで（「『希望』を語る」、『夢劫の人――石牟礼道子の世界』〈藤原書店、一九九二〉所収）、チグハグなやりとりがいろいろあるものの、私から見ると、宗教者としての立場からの一方的奉仕という、シャドウワークを提案するイリイチ氏と、宗教の根源で問いかけをする石牟礼さんとは、しっかり向き合うかたちを見せた。

極端な言い方かもしれませんが、水俣を体験することによって、私たちが知っていた宗教はすべて滅びたという感じを受けました。

石牟礼さんはイリイチ氏にこういう言い方をするんです。既成の宗教みたいなものはだめだと、終わったと、水俣を体験することによって、そういう既成の宗教は滅びたんだと言います。これはイリイチ氏によって宗教体験の問題としてしっかりと受け止められる言葉だろうと思います。

「支援者の言葉」といま申しました、支援者という概念が日本では非常に誤解され、歪められた言葉になっているようです。「支援者」本来のかたちとしてイリイチ氏が言っているのは、シャドウワークという概念でしょう。シャドウワークは日本社会だと主婦のしごとみたいに、一八〇度、ひっくり返って理解されています。そうではないのでしょう。医者と患者との関係で説明しますと、患者のがわが医療のために労働する、というような、労働の新しい考え方です。しかも医療費は患者が提供する。

一般的な労働の考え方では、医師が労働して患者に何かを与え、患者は医師から労働を受け取る関係だと考えるでしょうか。これはマルクス主義的な労働の観念に反対するのでなく、新たな労働観です。それをイリイチ氏は言おうとしている。

宗教で言えば、日本社会ではお宮さんとかお寺さんとか、現世での見返りを、神さまや仏さまに求めるという、まあそんな理解です。しかし、突き詰めてゆくならば、宗教というのは見返りのない世界のはずですよね。ただひたすら教会なら教会に通い、祈り、ドネーション（寄付）する。神さまが見返りをくれるかどうかわからないので、信者としては一方的に奉仕するという関係です。お祭りの本来にしても、見返りなしでただひたすら奉仕する。

何か見返りがあるというのではなく、何かあれば駆けつけるとか、ヴォランティアリズムとか、そういうふうにして惜しみなく労働を提供する。見返りがあってはならない。消防団や自衛隊の方々が駆けつけて、いろいろな作業をするのは、報酬（給料など）をもらっているのだから、シャドウワークに入りません。

支援する労働というか、『苦海浄土』を支える宗教性は、既成のそれがまったく何も解決しないのに対して、アニミズムであるとか、いろいろな言い方がされるのですが、何かいままでになかった運動形態、考えたこともなかった倫理であって、なかなか説明する言葉がないのです。説明はつねに既成の言葉を利用して説明する。もちろんいろいろな言葉で説明されてよいにしても、そこから先に、説明できない先がひらかれてくるのであって、言おうとすると未知の言葉で説明することになる。

臼井隆一郎さんの『苦海浄土』論』（藤原書店、二〇一四）は副題が「同態復讐法の彼方」で、どんな言い方をしても誤解されるから、そう言ってしまってよいのでしょう。既成の言葉で語ればそういうことになる。石牟礼さんもまた、『告発』という新聞の創刊号で、「銭は一銭もいらん、そのかわり会社のえらか衆の上から順々に有機水銀ば呑んでもらおう」という患者さんたちの有名な声を引用されて、「復讐法の倫理」と言ってしまうと既成の言い方でしょうが、宗教としては未知の在り方にはいってくる。

論客も、研究も、それらは既知の言葉へもどることで了解するのでしょう。それに対して未知を未知の状態でひらくということは、宗教状態と言うほかないかもしれませんが、論客にならず、研究にも限界があるということでしょう。小説というかたちを『苦海浄土』の著者がとりつづけた理由であり、新しい詩の言葉を探求することとも表と裏との関係になっていると思います。

4　「文学〈視〉」の言葉

「新しい文学〈視〉像」という（講演の）題名をいただきましたので、ブンガクシゾウという音から「文学史」を想像し、「シ」という音を「視」という字に変えて、「文学史」を「文学視」へと読み換えるという提案になっているような気がしました。私は最近、『日本文学源流史』と名づける、日本文学史読み換えの本を書いたので（青土社、二〇一六）、もしかしたらそれにひっかけて話せということかなとちょっと思いました。

従来の近代文学とは違う何か、石牟礼道子の文学とは何なのだろうということを考えるときに、伊藤比呂美さんも注意を向ける、多くの方が考えるように、そして石牟礼さん自身、そうおっしゃっているように、やはり浄瑠璃とか説経語りとか、そういう語りの言葉と比べてゆく必要があるのです。浄瑠璃の原型に説経語りがありました。石牟礼さんは説経語りに文学の原型を求めていったように思えます。九州だったからそれができたと言ってよいと思います。私などの訪れた、一九八〇年代初頭の九州には琵琶法師たちがまだ何人も活躍していた（二年間、共同研究しました）。琵琶法師の語る語りこそ説経という口承の物語なのです。

山鹿良之《やましかよしゆき》師の亡くなったのは一九九五年で、もう琵琶法師がいまも活躍しているとは言いがたいにしても（最近まで鹿児島や日向盲僧の活躍が見られたということです）、九州というところはやはり非常に奥深い、底深い、語りの原型を残してくれているように思えます。山鹿さんなんかはもう、無尽蔵なぐらいに、説経語りを身体のなかに貯めているという気がしました。

山鹿さんの修行は天草から始まります。門付けをしながら、三味線弾きとも交流して、しだいに力をたくわえてゆく山鹿さんでした。南関《なんかん》町のお宅を訪ねると、琵琶と三味線とが並べてあるのです。奥さんは瞽女《ごぜ》なのです。琵琶法師と瞽女とが夫婦で活躍するとは、中世の絵巻か何かのなかのことかと思ったら、現代なのですね、これが。熊本市内でも何人かの盲人の琵琶弾きの方にお会いしました。

石牟礼さんが浄瑠璃や説経語りのことをおっしゃる理由が、やはり非常に深いところで九州にある、と強く実感いたしました。水俣市にはわずかに私は途中下車した限りでありますけれども、感慨深くそれらのことを思いました。『苦海浄土』はある点まで現代の説経語りなのです。

5　詩の言葉

ＮＨＫ（Ｅテレ）の番組『１００分de名著』のテキストで、若松英輔さんの『苦海浄土』（二〇一六）が出ています。そこからの引用ですが、石牟礼さんは『苦海浄土』という作品を通して、新しい詩のかたちを示してみたいと、インタヴュー記事ですが、石牟礼さんはこんな言い方をしています。

近代詩というのがありますね。古典的な詩もあります。それらとは全く違う、表現が欲しかったんですよ。水俣のことは、近代詩のやり方ではどうしても言えない。詩壇に登場するための表現でもない。闘いだと思ったんです。１人で闘うつもりでした。今も闘っています。

（『新潟日報』二〇一六・三・二七）

『苦海浄土』はもしかしてその新しい詩のかたちをめざし、石牟礼さん自身によって、闘いとられていった過程である、そのことをしっかり受け止めたいと思います。若松英輔さんの新著にはかき立てられる思いがします。

石牟礼さんの第一詩集『はにかみの国』（石風社、二〇〇二）から、

こころづけば　はにかみの国の魂は去り
原始《はじめ》よりことば　知らざりき

ことばは　黄泉《よもつ》へぐいと知らざりき

と、日本語には長い歴史があるんですけれど、ここには文語体が出てきます。新しい詩集『祖《おや》さまの草の邑』（思潮社、二〇一四）でもそうですし、言葉のそういう広がりを持っていますね。第一詩集の〈魂〉から、新しい詩集である新しい詩の言葉へと、紡ぎ出してわれわれに提供してくれています。

いま、石牟礼さんのしごと全体を眺めた場合、正確な言葉は『苦海浄土』に始まったと思います。同時に、一番新しく詩の言葉はありつづけて、その詩の言葉がさらに正確な日本語になってゆくのではないか、というか確信というか、見えてきたような気がします。

6　日本女性史の言葉

すこし私の関心に引きつけますが、一九六〇年代終わりから七〇年代にかけて、高群逸枝《たかむれいつえ》の夫である橋本健三さんは、『高群逸枝全集』を刊行するのに病身を押して大変な努力をされていました。その全集を、私は一冊ずつ、一八〇〇円という手ごろな値段だったので、すこし頑張って読みつづけ、『招婿婚の研究』（一九五三）に出会いました。『母系制の研究』（一九三八）、それから高群さんの詩集にもふれることができました。『現代詩手帖』（思潮社）に私の最初に書いたエッセイはいつごろだったか、そこで高群さんにふれた覚えがあります。

いまから思うと、橋本さんが私どものために、これを読みなさい、これこそ読んでほしいと、高群の業績を提供してくれていたのですが、それをじっとかたわらで見守っていたのが、じつに石牟礼さんだったという関係です。

高群逸枝のしごと、『招婿婚の研究』は千何百ページのたいへんな本です。私など、たとえば『源氏物語』を読むうえで必読ですが、平安時代の文献を公家の日記、歴史資料も含めて、それら膨大な資料をすべて高群は読み尽くし、調べ上げて一冊の本にしてゆかれた、文字通りの大著です。これはどんな研究者も、本格的にはやっていないしごとで、それが一冊の本に結晶してゆくという、単なる研究ではないですよね、女性史を明らかにしなきゃいけないという情熱というのでしょうか、それが始まるのです。

レヴィ＝ストロース氏には『親族の基本構造』（一九四九）という本があります。レヴィ＝ストロースとおなじころに、日本社会から「親族の基本構造」論を立ち上げていた人がいたということにほかなりません。それが高群だったという驚きです。『親族の基本構造』はいまや世界の人が評価し、批判もしながらそれを取りいれている。レヴィ＝ストロース氏が書いていたとおなじころに、日本社会から発信した「親族の基本構造」論があったという驚異です。

石牟礼さんには、高群逸枝のしごとに出会うという劇的な瞬間があって、それは『最後の人――詩人 高群逸枝』（藤原書店、二〇一二）という本によってたしかめられます。熊本の図書館で、石牟礼さんは高群逸枝の著述をあるとき、偶然か、手に取って、こういう本があるのだと、高群の本を見たとたん、『招婿婚の研究』に至るまで、そこに何が起きているか、すべてを了解するのです。高群から石牟礼へ、大きな流れが近代を相対化するうえで、そのとき流れました。決定的だと思います。

「高群さんの全集に思う」という石牟礼さんの文章（宣伝文かな）をちょっとここに引用しておきます。

……近代主義者たちが、自国の後進性とみてヘイリのごとく捨て去ってかえりみない、いまだ語られず形をあたえられぬ無名の民たちの（ことに女達の）心情の伝統――と常に対話し、その細片化された微々たる表現に心をとめ、それらを自らの象徴的詩論としながら無産の女詩人として出発した彼女が、まぼろしのコンミューンならぬ、我が国に存在した招婿婚（原始母系制）を探りあてそれを実証してゆく一生は、たとえば私にとっては出埃及記にむかうごとくなまなましくも荘厳な事柄である。

これは単に高群のしごとを評価するというだけではない。いまレヴィ＝ストロース氏の名前を挙げましたけれども、この高群、石牟礼のしごとがなかったならば――なかったということを想像できませんけれども――日本近代の歴史、いや近代だけじゃなくて日本の歴史全体を支えてゆくうえで、こういうしごとがもしなかったとしたらば、ほんとうに日本社会は近代主義のそのままで終わってしまう。もしかしたらいま、近代主義の波に押し流されてダメになりつつあるのかもしれない日本社会ですが、そういうふうには石牟礼さんは言わないわけですけれど、ともあれ、そういうダメになりそうな日本にこうやって楔を打ち込んでゆく、そのかなめに女性史が持ってこられるのです。単に女性史があるのではなくて、近代の相対化という重要さです。

高群は「我が国に存在した招婿婚、原始母系制」という言い方をしていて、このあたりが、私として、ここ二十年、三十年、苦しんできた課題です。日本において親族規制が双系制だと、よく言われることは、それはそうでしょうが、つまり父系と母系とがあって、双系制だとする言い方をいたしますけれども、でもやはり今回考え直すと、双系制という妥協的な言い方もおかしいので、父系制と母系制のぶつかりあいのなかから、日本のなかの親族の基本構造を立ち上げてゆく必要があると思います。高群学説を改めて意義あることとして受け止められるとともに、石牟礼さんが原始母系制という言い方をされたところに、私なりに今後考え直す梃子が与えられたと思っているところです。

高群も詩の書き手であるし、石牟礼さんを支えるのが詩の言葉だといたしますと、やはり詩の言葉から詩の言葉への継承というのかな、それを認めることができるのではないでしょうか。

高群が亡くなったのち、橋本さんから資料を提供されて、あとを引き継いでしごとを進められたのが栗原弘・葉子さんです。栗原さんのフォローもだいじだと思います。栗原さんはちゃんと批判するところを批判する。一般にこういう研究は、批判するとそれを否定するというかたちになりがちです。そうじゃなくて、リスペクトしながら批判するという学の継承は、一般になかなか見られないことです。

7　近代の言葉——日本と韓国

石牟礼さんはフィリピンに行って、さらにマレーシアのクアラルンプールまで行って、八十いくつの方に会いに行きます。その女性はからゆきさんなのだと言ってよいと思いますが、日本にもう帰らないで、そこに骨を埋めるつもりでいるのでしょうね。そういう方に石牟礼さんは会いに行くわけです。天草の出身の方なので、石牟礼さんも何十年も前の自分の古い天草の言葉を思い出しながら、八十いくつのおばあさんと話を交わす。

まあうまく話を交わせるわけはないにしても、おばあさんが石牟礼さんに五円をくれます。硬貨か紙幣かわかりませんが、五円っていうお金の貨幣価値はもうまったく無いに等しいでしょう。旅費の足しにしなさいという感じでしょうね。石牟礼さんはそういう方にはるばる会いに行く。

それから天草では、泊まった旅館で、やはり今度は日本に帰ってきた方ですね、からゆきさんたちの話を聞く。そういう方とお会いする。そのひとたちに石牟礼さんがやはりインタヴューして、いろいろ話を聞きます。聞き書きの名人ですから、そんなかたちでできあがったのが「乳の潮」というエッセイでした（『乳の潮』〈筑摩書房、一九八八〉所収）。

初出は『水俣の啓示』（筑摩書房、一九八三）でした。これは水俣病の総合学術団が作った二冊の大きな本ですが、色川大吉さんを始め、研究者や民俗学の方たちが集まってできた、そのプロジェクトもまた石牟礼さんが中心となって進められたに違いありません。五年かけて作られた本です。

明治三十年代から四十年代に、多くの男たちが大陸浪人や志士を名乗って、特に九州から朝鮮半島や大陸へ向かって、日本帝国主義の先兵とでもいうような役割どころで、帝国主義的侵略ないし植民地主義の担い手、民間がわの担い手として、軍部と結託して渡ります。そういうひとたちに伍して、女性たちもまた海を渡るのです。

からゆきさんは、男性もはいるのですが（からゆきどん）、特に女性たちが東南アジアも含め、多くは公娼制度の担い手として日本から出てゆくということが起こります。この女性たちがからゆきさんになります。

森崎和江さんの『からゆきさん』（朝日新聞社、一九七六）はどういう本なのでしょうか。女性たちに、生き方としての、女性の尊厳を回復する書と言えばよいでしょうか。ややもすると低く見られる、そういう女性たちに対して、非常に温かい目をもって書き連ねていると言うと、ありふれた言い方になってしまいますが、女性の尊厳をそのなかに確認する。それが森崎さんのおしごとではないかと思います。これは石牟礼さんと、まったく共通して言えることです。

朴裕河《パクユハ》さんの『帝国の慰安婦——植民地支配と記憶の闘い』（朝日新聞出版、二〇一四）は、冒頭の章に「からゆきさん」から「慰安婦」へ、という問題を立てています。これを巡っては、韓国や日本国内で賛否両論があって、なかなか口を出すのがむずかしい状況でありますが、朴さんは漱石など、日本近代文学の研究者でした。いわゆる論客でなく、研究者として言わねばならないことを言ったのです。日本近代の百年、日本帝国主義がどういうふうに植民地を作り出し、海外侵略を果たしたのかを明らかにしてゆくなかで、庶民や兵士、あっせん業者、そういうひとたちの従事するしごとを克明に追っている、だいじな本であります。

「からゆきさん」から「慰安婦」へ、けっしてまっすぐつながるわけじゃなくて、からゆきさんは明治以来の問題——公娼制度という明治近代からのもの——であり、従軍慰安婦は昭和以後のおもに戦時下にあって、軍政が作り出した制度ですから、まさに近代の何十年をかけての、からゆきさんから慰安婦へという系譜をたどり、ついに帝国下の「慰安婦」問題になってくるのです。そこのところが、なにか解きほぐせないパズルになって、韓国内ではナショナリズムを逆なでされる思いがするのでしょうが、いま私から見ると、高群、石牟礼さん、森崎さん、そして朴さんという、日本だけじゃなしにアジア全体を巻き込む一貫した問題です。大きな視野で見守りたいと思います。日本と韓国とは一衣帯水であり、いま韓国で起きていることと無関係でありえません。さいごにすこし朴さんの御本にふれた理由です。

『からゆきさん』と『帝国の慰安婦』

1　日本近代文学の逃げ

一九一〇年（明治四十三）の〈韓国併合〉を直接の契機として、日本植民地主義が、朝鮮民族の主権、ならびに長らくつづいてきた固有の歴史を、決定的に、そして根こそぎ収奪することと、日本近代文学の成立とは、一つの視野に置かれるべきではないか。いや、そう思うだけならば私一箇とて可能だとしても、日本人であろうと、韓国人であろうと、あるいは在日であろうと、日本文学の、あるいは文学じたいの研究の徒であるならば、純粋な（韓国および日本）国内系の問題群の取り組みと別に、日／韓、あるいは東アジアで、まさに協同して向き合わなければならない課題であるはずなのに、日本人研究者の場合、腰が引けてなかなか取り組まれにくい現況と見られる。

帝国主義下、〈植民地主義日本〉のもとで、小説作品も、詩作品も、あるいは批評的言説にしろ、いやおうなしにその状況に差し込まれて書かれ、書かされてきたという、日本近代文学の意識また無意識にある加害者性について、取り組んできた研究者は、一握りという感がある。

あるいは文学じたいに潜むかもしれない被害者性について。

複雑な民族感情や宗教意識のからむ日／韓の作品じたいをどう扱えばよいのか、思い半ばで途方に暮れる。

文学研究者が、他の研究領域、たとえば歴史学などの鋭意の「論客」たちに対して、何か特別の立場にいるはずもない。小説作品や詩作品を、他の研究よりは重視するかもしれないとともに、書くことや書かれる表現、映像、アートを含む表現行為をおもにあいてとしてきた。

それらのテクストは歴史のなかで意図的に焼却されたり、隠蔽、変型されたりすることがあるから、断片をあさり、散在からの復元を試み、資料の欠損部についてはoral literature（伝承、説話、聞き書きや民俗調査を含む）で補填し、他領域の（歴史学や社会学の）成果を大胆に「利用」させていただきなどする。研究じたいが場合によって作品的価値を有することもよく観察されるところだ。収奪され、喪失させられた〈歴史〉じたいをあいてに、歴史学その他はどう成り立たせればよいのか。文学研究者の出番だとしても、大学にまでデモが押しかけ、さらには被告席を用意させられるとは、過酷に過ぎるところを称して誤りだろうか。

取り組まないことが日本近代に仕組まれた加害者性、そして文学じたいに潜む被害者性なのだとしたらば、『ナショナル・アイデンティティとジェンダー』（副題「漱石・文学・近代」、二〇〇七）の著者、朴裕河は、『和解のために』（二〇〇六）、『反日ナショナリズムを超えて』（二〇〇五）と、韓国人研究者として、正面から問いつづけてきた。いま『帝国の慰安婦』（二〇一四）に至る。新刊『引揚げ文学論序説』（二〇一六）をも見る。

2　行文の背後に帝国を

テクストの表面の意味の背後にある意図を浮かびあがらせるためには、研究者の文体を必要とする、ということだろう。「　」（引用符）のたぐいを引用以上の目的で多用することもある。そのために読み取りにくい行文に呻吟することもあるのは、「論客」たちの論考にしても経験される、おなじような苦心があるのではなかろうか。第3部第1章「否定者を支える植民地認識」から一箇所を引こう。

「慰安婦」たちが兵士たちに「群がってきた彼女たちは商売熱心に私たちに媚び」たとか「実に明るく楽しそう」で、「『性的奴隷』に該当する様な影はどこにも見いだせな」（小野田寛郎二〇〇七）いように見えたのはそういう構造によるものだ。彼女たちが商売熱心に「媚び」たり、そのために「明るく」振る舞い、「楽しそう」にもしていたとしたら、それは彼女たちなりに「国家」に尽くそうとしてのことなのである。業者の厳しい拘束と監視の中で、自分の意志では帰れないことが分かった彼女たちが、時間が経つにつれて最初の当惑と怒りと悲しみを押して積極的に行動したとしても、それを非難することは誰にもできない。……

（二三一ページ）

とある、私には朴裕河のこのような文体が非常によく分かるし、共感できる。じかに伝わってくる

「当惑と怒りと悲しみ」とともに、行文の背後に「国家」(=帝国)をしっかりとおさえ、本書の趣旨にかかわる業者を告発する姿勢をくずさず、抑圧による強制によって彼女たちが「戦争を支える」ることの本性がその真の意味での被害者性にほかならないことを、「そういう構造」つまり「構造」というキーとなる言葉によってあらわしている。

さらに引くと、「娘子軍《じょうしぐん》」として「隠れるべき穴を掘り、逃走中に爆弾を運び、包帯を洗濯もした。そしてその合間に兵士たちの性欲に応えていた。……そのような彼女たちの働きは、見えない抑圧構造が強制したものだった」(同)。

これらの文体を私はしっかりした、あえて言えば美しいそれだと思う。しかし、こういう文体について、「許せない」「わけがわからない」、あるいは朴裕河の日本語を「粗雑」だと批判する向きが、あちらからもこちらからも聞かれる昨今だ。このたぐいの表現談義に不幸な対立が芽生えるかもしれないことを悲しむ。

私の感触だと、本書はこのような文体によって、抑制をきかせつつ、最初から訥々と書かれており、いまの日本社会での、おそらく多数派でありつづける、元日本軍兵士たちの加害者根性(被害者でなく、加害者根性)を、はっきりと告発の矢面に立たせる。

文学批評の持つある種の無防備さ(文学研究ならば避けられないかもしれない無防備さ)はいつでもあって、韓国社会や在日からの反撥や倫理批評を誘発し、日本社会からはご都合主義的な読みでの欲望に沿う危険もあって、そのことがまた韓国での反日の欲望をそそるという、その結果、みぎの引用の一部分は韓国語版で告訴され、検察か司直かにより削除を命じられた三十四箇所のうちの一つだ。

3 引き下がれない一線

私としては、起訴を避けてほしいという思いがあって、「抗議声明」に賛同してきた。韓国でも、日本でも、そして中国社会でも見られた、古来ありふれた、ある意味、珍しくもない言論事件であり、それに対する研究者や文人による、やむを得ぬ抵抗もまた、引き下がれない一線であって、支援するのは同業者として、当然の役割ながら、今回は削除を命じられるという、問題の争点じたいを抹消する、どこが告訴の対象なのかを分からなくする暴挙であり、告訴される研究者にとっては生活の支えじたいを脅かされる危機でもあることを、きわめて憂慮しないわけにゆかなかった。

『帝国の慰安婦』韓国版での削除箇所を日本語版で確かめるために、削除箇所というのを日本語訳で読ませていただいたが、それによると、たとえば千田夏光『従軍慰安婦——〝声なき女〟八万人の告発』（双葉社、一九七三）について、朴裕河が「千田は〝慰安婦〟を、〝軍人〟と同様に、軍人の戦争遂行を自身の体を犠牲にしつつ手助けした〝愛国〟を行った存在であると理解している」「いかなる本よりも慰安婦の本質を正確に捉えたもの」と書くと、そこが削除箇所となる。

つまり〝慰安婦〟が〝愛国〟的行動に出たという行文について、ハルモニたちへの名誉毀損という判断で削除が命じられた。「慰安婦の本質」というような言い回し一つ、許されないということだろう。千田の本からの朴裕河による理解だ、という重要な文脈は消されてしまう。

告訴の原点は、名誉を侵害したとのはげしい批判だ。

法廷の弁論にも、ハルモニの一人が証言して、朴の「妄言」を批判し、教壇に立つ資格のないひとだと訴える。ハルモニたちが名誉毀損を感じれば、告発じたいは受理されるということかもしれない。ハルモニたちに対して、私はつよい畏敬の念を感じるし、彼女たちの「証言」がけっして妄言でないこともまた、そこが原点なのだから、名誉毀損とはそういうことだろう。

朴の研究の基本は日／韓の、ナショナリズムじたいを冷静に分析するところから開始されるのだから（『ナショナル・アイデンティティとジェンダー』に見る）、それがほんとうに「妄言」か、どうしてもここは正面からぶつからないわけにゆかない。「妄言」かどうかでとは裁判のなさけなさと言うほかない。

政治家や外交関係者のしごとならば、内心と無関係に情勢から判断して交渉し妥協する場合があるから（むろんかれらの「良心」を頭から疑うわけでない）、逆に言えば研究者の主体は政治的判断と無関係に別個に独立して存在する。世には意図的な名誉毀損があるし、低劣な文学作品がもたらす弱い者いじめに泣かされる場合もある。『帝国の慰安婦』がまったくそんな俗悪さから切れて、文学研究者の思いに発し、取り組まれ、ひいては韓国社会での学問と正義の在り方とを今後に占う、一箇の試金石になると私には考えられる。

4　軍関係施設か遊郭か

〝日本人慰安婦〟が、匿名などで研究者のインタヴューに答えている場合はあるものの、ついに名告り出なかったと言われる。それればかりか、日本国内での元兵士たちはどこにいるのか、いま、かれらのすがたも視界から消えつつある。現在、九十歳台のある著名な文学者が、国内で学徒動員されて兵役にあったとき、衛生サックを配られて非番の日に外出した、と以前、ある研究会（折口信夫関係の集まりだったが）の席上で語っていたのを聞いたことがある。それを特に追究することもなく聞き逃してきた自分だ。若いかれはどこかの遊郭へ繰り出したのだろうぐらいに漠然と聞いていた。

しかしながら、思い返してみると、かれの出かけていったさきが遊郭だとする場合に、「サック」を配られて送り出されるということがあるのかどうか、私は分からなくなってきた。やはり九十歳台の、軍隊経験のある、一近代文学研究者に手紙を出して、何か分かることがないかを尋ねるという、私の取りえた調査はその程度でしかない。国内での兵役の場合に遊郭へ出て行くことはありうるという感触を持つ。アニメ映画『この世界の片隅に』（片渕須直監督、二〇一六）は、その同名の原作（こうの史代）においても、呉軍港のある町の朝日遊郭を調べ上げて描いている。瀬戸内海の島々にはそのような遊郭が栄えていたろうという感触もあるけれども、それ以上には分からないことだった。

だから、若い学徒兵だった一書き手が、サックをもらって遊郭へ行ったのか、軍関係施設に向かったということか、よく分からない。〝国内〟に慰安所はあったのだろうか。吉見義明『従軍慰安婦』（岩波新書、一九九五、七七ページ）によれば、本土決戦にそなえて九州や千葉県に軍慰安所が設置されていたそうだ。その九十歳台の元学徒兵士は千葉県での本土決戦要員だった。

『大阪人権博物館展示総合目録』（大阪人権博物館、一九九六）に、〈各地に点在する「従軍慰安所」〉

（正誤表あり、誤「従軍慰安所」、正「軍慰安所」とある）という、アジア太平洋地域の地図および写真が載っていて（四一ページ）、沖縄に百二十一ヶ所とあるほかに、日本〝国内〟に九ヶ所の▲印を見る。▲印は元兵士の手記や証言、「慰安婦」の証言に基づき、満州、中国、東南アジア、太平洋諸島にひろがる、とある。

同ページには一九九二年、韓国での日本大使館へのデモの写真をも掲載している。

石川逸子『「従軍慰安婦」にされた少女たち』（岩波ジュニア新書、一九九三）から〝国内〟の慰安所を何ヶ所か、拾うことができる。福岡、神戸、大阪、和歌山、流山、それに「松代」を石川著書は挙げている。

『日本人「慰安婦」』（現代書館、二〇一五）からは、おもに平井和子の論考によって、「皇軍慰安所」「産業慰安所」、鹿屋基地での「慰安所」、RAA（特殊慰安施設協会）の月島倉庫に日本軍の「サック」が大量に保管されていた、などが検索できた。「産業慰安所」とは何か、知らざることばかりだ。

そして沖縄。新刊、洪玧伸《ホンユンシン》『沖縄戦場の記憶と「慰安所」』（インパクト出版会、二〇一六）は百三十ヶ所もの慰安所があったと、それらを一つ一つ、調べあげた労作だ。沖縄の太平洋戦争下というのは、海外なのだろうか、国内なのだろうか。沖縄戦の前提として軍慰安所のあることを私は知らず、戦後の沖縄文学とのかかわりについても考えたことがなかった。

5 男どもは「志士」となり

このたびの朴裕河『帝国の慰安婦』について、森崎和江『からゆきさん』（朝日新聞社、一九七六）を恣意的に引用しているとの批判があるようなので、ほんとうに恣意的か、両者の関係をすこし考察しておきたく思う。森崎が調べあげるからゆきさん（からゆきどん）は、言うまでもなく明治三十年代（日露戦争時代）から大正初期～中期にかけての時代に、海外侵略の民間の担い手として渡航したひとびとだ。男どもは「志士」となり、朝鮮半島や中国大陸に跳梁し、女性たちもまた海を渡り「おなごのしごと」に就く。

『からゆきさん』の目次を書き出しておこう。「ふるさとを出る娘たち（玄界灘を越えて／密航婦たち／ふるさとの血汐）」「国の夜あけと村びと（おろしや女郎衆／シベリヤゆき／異人の子と上海）」「鎖の海（唐天竺をゆく／海をわたる吉原／戦場の群れ）」「慟哭の土（おキミと朝鮮鉄道／大連悲歌／荒野の風）」「おくにことば（おヨシと日の丸／天草灘）」そして「余韻」。

「志士」たちが活動するのにつれて、娼婦たちが〝愛国者〟の側面を持つと論じられる箇所は、「おくにことば」の「天草灘」の一節で、『からゆきさん』の閉じめにあたり、いわば本書をまとめる箇所にあたる。森崎が参考にした書の一つに『東亜先覚志士記伝』（三冊、一九三六）がある。玄洋社や黒龍会という国粋主義的侵略の担い手たち、まさに帝国の侵略者じしんである民間の当事者たちが、内部深くから曇りなく書きあげた歴史の〝一等〟資料であり、娘子軍の「愛国的行動」にふれるあたりにも、紙背から読まれるべき歴史的「証言」性は疑いようがない。

森崎はからゆきさんの二十年後に、第二次世界大戦下、南方に日本軍が攻めてゆくようになって、公娼制が東南アジアの各地に再開され、現地の娘たちも公娼にくわえられ、また軍関係の慰安婦隊が送り込まれることなど、あますところなく論じている（二三三ページ）。森崎がこのドキュメントを書いた理由はあまりにも明瞭だ。おキミさんから書き始めたことでもわかるように、日本近代に翻弄された〝底辺の〟女性たちのまさに尊厳の確認と名誉の回復とのために。

アジアと女とが一つになった、いくぶんか「あたたかく」からゆきさんと呼ばれる、その呼び名を森崎は本書のうえに題名としてかぶせた。まったく間然するところのない森崎の筆致だ。森崎以前に彼女たちの尊厳と名誉とのために渾身の筆を揮った著述をほかに知らない。朴裕河の『帝国の慰安婦』がそこを受け止めて『からゆきさん』の引用を試みたことを、恣意的とはけっして判定しえないと思われる。

第1部第1章は〈1、「強制的に連れて」いったのは誰か〉につづき、〈2、「からゆきさん」から「慰安婦」へ〉によって実質的にこの本の叙述をひらく。近代文学研究者として、朴裕河が日露戦争時代、そして〈韓国併合〉をふまえ、そこから書き起こすのは当然であり、森崎のあとを引き受ける、まっとうな書き方だろう。

6　からゆきさんのあと

朴裕河は書く。

韓国併合以前から多くの日本人たちは朝鮮半島に渡ってきて暮らすようになっていた。その中には騙されて売られてきた少女や、生きることに困窮していた貧しい女性たちが少なくなかった。彼女たちの〈移動〉に手を貸し、黙認したのは国家権力と民間業者だった。その意味で後日の「慰安婦」の前身は「からゆきさん」、つまり日本人女性たちである。

（三七ページ）

むろん、九〇年代以後に問題化される、最初から軍人をあいてとする軍慰安婦とおなじではない。それでも、日本近代の経済的、政治的勢力を拡張する目的で出かけていった男たち（軍隊はその中心になった）を、かの地にしばっておくためには、からゆきさんが動員された。そのような日本人女性の場所を朝鮮人女性が代替し、業者たちもまた暗躍するようになる。業者たちのなかに多くの朝鮮人同胞が存在していたことを朴裕河はつよく告発するのだ。

〈からゆきさんの後裔として「慰安婦」を位置づける〉という趣旨の箇所も司直によって削除されてしまったが、本書の趣意が抹消されなければならない理由はまったくないと言いたい。

貧しさおよび家父長制の残酷さを指し示しつつ、軍関係施設の内外で暗躍する業者たちの存在を見逃さず、韓国人研究者の責任で書き綴った、このたびの朴裕河『帝国の慰安婦』には、『からゆきさん』の一世代後を引き受けて、その発生から叙述する真摯さがある。文学研究にはまだ希望があるということだろうか。

IV

近代と詩と　主題小考

1　叫びと仮装

声を限りにあなたは叫んだ、エドヴァルド・ムンク。
あなたの黒い石版画のうえに、世界への失恋が彫りこまれている。一八九五年、あなたは叫んだ。わたくしにはそれが聞こえるような気がする。わたくしにもまた、失恋によってしか世界を恋いえぬ「宿命」があるかのように。そして、その「宿命」はいつまでもつづけられてゆくであろう。
こんな引用をきのうから、わたくしは何度も書いては消した。──

いったい今日、市民、とりわけ小市民とは何なのか？　そして市民と芸術家との境界は？　この古い観念に根ざしたような問いが、ふとなまなましく、或る日或る刻に、脅やかすように蘇ってくる瞬間が考えられないであろうか。

（「マグリットと『不思議な国』」『骰子の7の目』月報一号、河出書房新社）

瀧口修造の、ある画家をめざして書かれた新しい一節。それはエドヴァルド・ムンクでなく、ルネ・マグリットである。恐怖の存在としての小市民とは何か。

瀧口によれば、マグリットは小綺麗な見なりの、一見したところベルギーの小市民タイプであったという。そのような小市民であることのこわさ。瀧口はこのようにもつづける。ともあれ、外見でひとを判断してはならぬのだと。そして、作品もおなじであろう、山高帽と地味な背広の一紳士は、ともすれば仮装のように見えてくるではないか、と。マグリットが愛したファントマスやニック・カーターのように、ともつづけている。

単純に、小市民の仮装に隠された芸術家がこわいのではない。むしろその仮装が、小市民であることがこわいのである。ムンクの叫びは痛ましい。七十九年後のわたくしたちを直撃する。しかし、マグリットの男たちは叫ばない。それは小市民の身なりをととのえてひたすら作品のなかに立つ。それはこわい。ムンクのように叫ぶのでなく、ただ存在しつづける仮装はこわい。

それからわたくしは想いみる、伊良子清白のこと。

保険業界にある小医者だった。

清白の、たった一冊の詩集『孔雀船』。

それの装釘、そして挿画は長原止水が引き受けた。

装釘と挿画とができあがったので、清白は、止水の画室へ、お礼のことばを述べに行った。

そして、お礼のことばを言い終わると、清白は保険加入のすすめを口にした。

止水は怒り、それでも貴方は詩人か、と清白を一喝した。

清白には、止水の怒りの意味がよく分からなかった。詩も作り、保険もすすめる、そのことにかれは何のうたがいも持っていなかったのだ。けれども止水は怒った。清白の仲間も、止水の怒りのほうに分を認めた。

止水や清白の仲間にとって、保険勧誘と詩を作ることとは、両立しえないことだったのである。仲間は、清白を、保険をすすめる生活から切りはなされた、詩を作る友人として容れてくれていたにすぎない。

清白はがくぜんとしてそのことに気づき、友人たちのあいだから、すがたを消してしまう。もう、『孔雀船』一冊の出版をみずからよろこぶ気持ちなど、かけらもなくなってしまっていた。浜田へ、大分へ、そして台湾へ、かれは放浪者のように地方を流転していった。二度と『孔雀船』時代の昂揚を持つことはそれ以後なかったのである。止水に一喝されたことで、いっぺんに、保険業界の医者であることと詩を作ることとが、ぶつかってしまったのだ。生活の困苦（父の負債を背負っていた）を持つゆえに、保険業界の医者であることをやめるわけにはゆかなかった。それならば詩を作る生活を殺してしまうしか生きのびるすべはなかった。

2　さらに想いつづける

一九四六年、つまり終戦の翌年の一月、鳥取県の山深く雪の中、吹雪をついて往診に出て、脳出血のために路上に倒れ、清白は不帰の人となった。

かれはたしかに、酔茗らの尽力で〈詩壇〉へ復帰もしたり、作歌グループに参加して短歌や選評にたずさわったりしていた。しかしその死の訪れが、医者として往診のみちを急ぐ途中のことであったという事実に、ほとんど象徴化された、ある厳粛なものをわたくしは感じる。かれは小医者として死んだので、詩人として死んだのではない、などといったことをわたくしは言おうとしていない。『孔雀船』の詩人であるにもかかわらず、医者の勤めを果たしながら死んでいったという事実をわたくしは言っている。止水の一喝以来の消耗し尽くした清白が、流浪と、そののちのかりそめの〈詩壇〉復帰を織りなしながら、生涯かけて一つのしたたかな解答を、医者の職業のさなかに死ぬことで成し遂げているように思われるのだ。

文人――詩人――として死ぬという死がほんとうに成立するのであるか、どうか。わたくしはただ、近代詩の困難を想い、清白の生涯に負いこまれている呪わしさのなかに、近代を生き延びることの象徴的な「宿命」を追いつづけて、その果ての死に「宿命」を超える解答が織りあげられているのを見たような気がする。

あるいは「宿命」を超えることこそ近代――詩――の困難であった。

近代において、詩ほど逆説になってしまった存在をほかに挙げることができるか。近代詩、キンダイシという〝語〟を、平然と口にすることができるだろうか。近代と詩と、それは相いれることのない二つの概念であるのに、わたくしたちはそれを一つの〝語〟に、つまり近代詩の成立に向かって「宿命」のように努力をつづけている、つづけてしまった一群のひとびとを知っている。近代ということばに込められた過重な意味を支えきる努力であったと、それを理解し直してもよいだろう。もう一つの近代、あるいは反・近代とも言われるニュアンスを込めて近代という〝語〟はある。

権力機構のただなかにあることを悪であるとする議論ではない。権力機構が根拠としての民衆の立地から遠いところにあることは否定できないにしても、すぐれた詩人であるならば、多様な想像力が民衆を、おのれの幻想（―作品）のなかにとりもどすであろう。

一千年もむかしのことに想いを巡らせば、陶淵明でも、白楽天でも、菅原道真でも、紫式部でも、権力機構（官僚社会や宮廷社会）が詩人を淘汰したのである。

現代の権力機構（―国家）が、その過剰な完成として、民衆の想像力を根こそぎ奪い去るものになりつつあるということ、そこが問題なのだ。

3　戦争と現代

権力機構の完成した形態としての近代国家と、名もない想像力とのあいだ。

前者の強大さ、その権力が発揮されるとき民衆の一人一人を下手人として残虐の限りを尽くし、さらには下手人である民衆一人一人を消耗することによって一段落するという、戦争が露出する。そのような戦争の近代をまえにして、民衆の想像力が無にひとしいものであることは、今次大戦下、明瞭になったのである。それにもかかわらず、想像力は幻想の拠点でありつづけている。無にひとしいあわれをきわめた状況を手がかり足がかりにして、這いつづける地面獣のように拡がることを必要とする。

近代権力機構と民衆の想像力とのあいだに分けいる学問、科学のようなものはないのだろうか。もちろん、マルクス以後の、近代の社会科学を、その可能性を、可能性の多くの死（と再生と）

を、わたくしは想う。

近代の社会科学の叡智は、戦争の理由を、地域や住み分け、民族や宗教の差別から、生産手段や階級の差別へ、読み換えたところにあると言えよう。

これは実に叡智ということばがよく似合う。

地域や住み分け、民族や宗教の差別が戦争の理由であるということぐらい、悲劇的なことはほかにあるか。それらの差別ある限り、戦争の終わることがない。それゆえ、地域や住み分け、民族や宗教の差別から来る戦争を、相対化し、やめさせる可能性を持った理論というものは叡智という名前にあたいする。

地域や住み分け、民族や宗教の差別そのものが廃絶されるということはありえない。その差別から来る戦争もまた、廃絶されるわけでない。戦争の理由を、別の差別に読み換えるということは、危険と言えばこのうえもなく危険だと言える。生産手段や階級の差別が戦争の第二原因であることの発見は、第一原因（地域や住み分け、民族や宗教の差別）を見えないところで温存する危険がある。

危険でない叡智があろうか。あるいは危険を含んでそれを克服する理論こそ真の叡智である。第一原因をベースにして、それが第二原因をささえている、複合的な戦争原因と遂行能力とによって近代戦争は行われる。

戦争のほうから見れば、第一原因と第二原因とがからまりあって、近代（の帝国主義）国家という、強力な戦争遂行団体の出現を十九〜二十世紀は見てきた。

民族や宗教の支配者が資本の独占によって強大な戦争遂行能力を身につけたとも言えるし、資本が自己運動的に民族や宗教を独占して国家なるものの近代的完成と、さらに現代の超国家的、過剰完成を遂げているとも言える。

わたくしは、自分が古代文学にかかわっていることに関連して、第二原因の陰に隠れつつある第一原因を、もうすこし、息をひそめるようにして、注視しつづける必要があるのではないかと想う。戦争、それは始原の国家の段階からありつづけてきたのである。

文学の発生ということも、久米歌などのように、多くこれに負っているのではないか。戦争の第一原因を深く想うとき、それにふれてゆく可能性を持つ学問、科学のような何かがないのかどうか、ふたたびわたくしは想い巡らさなければならない。

第一原因、住み分けや、地域、民族と宗教の問題といえば、民俗学の対象にきわめて近いもの、ないし対象そのものであった。

わたくしは想う、柳田国男や折口信夫の民俗学が、天皇制と、それから差別／被差別の問題とを、かれらの学問研究の一隅に据えていたならば、かれらの才能のおもむくところ、近代天皇制国家の死命を制するような理論、方法の武器を用意することになったのではないかと。

しかし、よく論じられているように、折口のほうに若干のヒントをのこしながら、天皇制の問題も、差別／被差別の問題も、民俗学の対象からはずされていった。天皇制と差別の問題とを取り扱わないことで民俗学は成立したのである。

近代国家内部での民俗学の最終的な無力は明らかだと言えるであろう。

もちろん、ここで、民俗学に破壊力を求めるほうが間違っている。柳田・折口の民俗学は十分にその使命を果たした。

のこされた道は、民俗学を突き崩しながら、その最良の富を奪い返すところにきっとあるだろう。

4　本能の批判

戦争を想うわたくしを支えているのは、かすかな（奈良市内での）戦災の記憶、終戦直後（一九四五・一〇）の、車窓から見た焼けただれた広島の街、父親の復員、帰還したときの光景（一九四六・二）などでしかない。

無にひとしいような自分の最初の記憶をだいじにしよう、掘りさげてみようと、最近、痛切に想うようになってきたのはなぜだろうか。

平和の体験もまた、無きにひとしい過去三十年において、戦争は、物質が気化して見えなくなるように、見えなくなりながら、日常生活そのものの気体になって、至近の位置に浮遊している。

戦争の第一原因と第二原因とを、わたくしは考えてみた。それで足りないというわけではないけれども、戦争があらわすおそるべき残虐性ということ、わたくしの解きがたい疑念はどうしてもその問題へ行ってしまう。

本多勝一『殺される側の論理』という本だったか、巻頭のカラー写真一葉には息をのんだ。アメリカ兵が、死んだベトナム人の上半身をぶらさげている、その下半身は完全にちぎれて、ぐちゃぐちゃに地面につぶれている。

本多の別の著書でいえば、『殺す側の論理』のやはりカラー写真だったか、農婦や幼い子供の、殺されたばかりの死体が、折りかさなるようにして、農道に顔をうずめ、またはあおむいている数十体。

虐殺者が現存していることをその写真は教えている。もちろんこれとおなじ種類の写真を、わたくしたちは、三十年間、見つづけてきた。

第二次大戦下、日本兵が大陸でなした残虐のかずかずは、眼をそむけようもない事実である。現在の五十〜六十歳台の男たち、つまり父親たちが、大陸で非戦闘員に対してなぶり殺しや殺しあいの体験をかさねてきたことを、わたくしの世代や、もっと若い生徒たちや学生たちは、どう受け止めたらよいのか。

しかし、残虐性ということは、戦争時ばかりのことであるのか。

われわれの日常生活の時点でかず限りなく繰り返されている残虐、それこそ戦争時における残虐性と連続の、同質の残虐であることは疑うべくもないのだ。

わたくしは具体的な残虐を言っている。赤ん坊をコインロッカーに入れて殺すなど、平然となされる残虐のことを言っている。

梯明秀『社会の起源』(社会評論社、一九四九)によれば、人類の誕生、つまり社会の起源は、家族的生活と群集生活、それは類人猿(オランウータンなどを見よ)にとっては前者が主、後者が従であるが、この二重の生活が、人類祖型(人類となるべき存在)にとってとなると、群集生活なくしては外敵に対しても、極寒に対しても、種族の生命の維持が不可能である環境にあって、家族的生活は幼児の生産のためでしかないという、前者が従、後者が主であるという関係であるために、矛盾せる二重生活でなければならず、この矛盾をいかに克服すべきであるかということが、人類祖型が人類への転化を遂げるための、さいごの試錬であった、そこを克服——それは雄による雌の私有からの解放ということであったが——し尽くしてこそ、社会の起源が、したがって人類の誕生があったのだ、という。

梯の起源論への賛否ということはわたくしのなすべきことでなく、またその余裕も力量もない。ただし、みぎの要約のうち、「群集生活なくしては外敵に対しても、極寒に対しても、種族の生命の維持が不可能である環境」というところに、現在の人類学の見地から異議があがるかもしれない。群集生活が主であったということも、それなくして種族の維持が不可能であったということも承認しうる。ただし、外敵や極寒に対して、あたかも人類祖型が防衛的に種族保存の知恵を働かせているかのように受け取れるところに異議があがりはしないか。

すなわち、人類祖型は、すさまじい攻撃力によって、他の種族を決定的に圧倒してきたということ。その好戦性と肉食性とをあわせ持つおそるべき残虐性を駆使して、みずからを鍛え、ついに人類を形成したということ。

このことは最も原始的な人類の遺跡の調査から推測されるとともに、現代の人間を観察することによっても知られるのだと言いたい。

現代（や歴史上）の人間たちを動物たちと比較してみると、決定的な相違は人間が人間に対して示すまさに酸鼻をきわめた残虐性という一点にまず認められる。これは動物たちの世界にけっしてないことだという。一個と一個との闘い、おなじ種類の動物集団と動物集団との争いはもちろんある。しかし、それにはルールがあって、強者と弱者とは、闘いによって勝劣がきまれば、服従の儀式のような何かがあって、弱者が従順を誓えば、強者はそれ以上、弱者を攻撃することがない。いわんや、人間たちのように、敗者の肉をほうり、血をあらかし、捕虜を生き埋めにし、無抵抗の民衆を突き殺し、強姦し、家に放火するというようなことはありえない。

動物が、おなじ種類のなかで、殺しあいをすることは、めったにないにしても、あることはある。しかるに人間たちにとって殺しあいは日常の事件であるばかりか、まさにそのために発達した記憶本能によって、何十年もまえの怨恨や憎悪を忘れずに殺しあい、果しあいをする。「内ゲバ」の残虐さと果てしない連続とは、まったく人類が人類的規模において日々倦むことなく営々とつづけてきたことであって、一九六〇〜七〇年代の学生運動の特殊であるはずがない。

戦争は地域や住み分けの差別からも、民族や宗教の差別からも、生産手段や階級の差別からも引き起こされる、それらの差別の根底に、そもそも好戦的な残虐性がよこたわっており、しかもそれが人類をみずからきたえ、ほとんど他の動物を寄せつけないほどの本能と頭脳とを育ててきたのだとしたら、これほど現代の「平和主義者」を絶望させる事態がほかにあろうか。

しかし、人類は、最終的にこの残虐性を根絶的に廃棄するところまでゆかなければ、思想の勝利を神なるもののまえに報告したことにならない。「平和主義者」でありつづけることの困難を、社会運動家が引き受けるばかりでなく、広汎に宗教運動家もまた引き受けている理由がそこにある。

わたくしは宗教運動家でもなければ、まして社会運動家でもない、市井の、無力な立場から文学にかかわろうとしているに過ぎない。だが、文学にかかわろうとしている限りにおいて、文学はいやおうなしに、人間性の根源的な悪の現場に、われわれを連れてゆくであろう。文学の発生にひそむ差別の構造を追及することは、その差別を根底から支えている人間性の悪を撃つところまでゆくのでなければ、ついにうそになると想う。

それは遠い課題である。

論じようもないことであろう、本能を批判するという一事は。

しかし文学の実践活動が、生涯的な距離をかけて本能の批判とでも言うべきを、一歩でも二歩でも推しすすめる性格のものではないかという予想も、あってよいのではないだろうか。

〈二〇一八年での附記〉　この非常に稚拙な書き物は『白鯨　詩と思想』四号（白鯨舎、一九七四・六）に載せられた「主題小考——近代と詩と」で、〈戦争〉について考え出した私の最初の記念的な論考であり、基本の考え方がこんにちに至る出発点であったことを想うと、感慨なきにしもあらずで、ここにあえて収録させてもらうことにした。

分かってきたことと不明と

七十年の歳月から、ここ最近の十年を切り取ってみると、特別の感慨が湧くかもしれない。何を自分はしてきたのだろうという、恥のような感覚とともに、ようやくいまにして分かること、これまで見えていなくて、かたちをなして見えてくること、言い当てられずにいて、もどかしい思いのするあれこれが、じつは七十年のなかに、いや、もしかしたら七十一年、七十二年の向こうから用意されてきたことで、それを言い置いて初めて、何か肩から荷下ろしするような安堵が訪れるのではないか、というようなこと。

何をいまさら、と叱られることどもばかりだ。『万葉集』が古代社会の生まれであるからには、王政賛美を尽くした言葉たちだということはそれとして、幕末期でも、そして日中、太平洋戦争下に、ものすごい戦争謳歌のためのかっこうな根拠となった。単に素材だったというばかりでなく、七十年の一方で、一千二、三百年（という『万葉集』成立以来）の日本社会が、大きく変化せず、いつでも噴き出してくる活火山なのだから、だれかがさしちがえないことには、という始末をつけられないままに、その詩歌集成を延命させている。むろん、すべての古典が生きる権利を有する、という前提で。

「吾が背子は物な思ひそ。事しあらば、火にも水にも吾れ無けなくに」（おまえさん、あなた。くよくよ物思いすることないよ。何か起きるならば、火でも水でも、わたしという女がついてるじゃないか）と、わかりやすい万葉歌だ（巻四、五〇六歌）。さいきん、これを必要から引用したあとになって、「あれ？　愛国百人一首のなかの一首ではなかったか」と気づいた。気づいて動揺しなかったと言えば、うそになる。

「皇《おほきみ》は神にし座せば、天雲の雷《いかづち》の上に廬《いほり》せるかも」「大宮の内まできこゆ。網引《あびき》すと網子《あご》とととのふる海人《あま》の呼び声」「やすみししわが大王の御食す国は大和もここ（＝大宰府）も同じとそ念ふ」「千万《ちよろづ》の軍《いくさ》なりとも言挙《ことあ》げ為ず。取りて来ぬべき男《をのこ》とそ念ふ」「士《をのこ》やも、空しかるべき。万代に語り続《つ》ぐべき名は立てずして」以下、延々、愛国百人一首は『万葉集』から幕末まで、一貫してこのいくさするおのこどもの世界を綴る。

『辻詩集』（日本文学報国会、一九四三）では女性詩人たちも、そうでなくても、いかにこの〈聖戦〉に協力できるか、陰りも曇りもない。子供たちは一銭二銭という募金に走る。三歳の童女がかたことに「撃チテチマン」と言う（『辻詩集』、三四六ページ）。「撃ちてし止まん」は、小林正明の論文を参照すると（『ユリイカ』二〇〇二・二、『源氏物語』特集）、昭和十八年三月の第三十八回陸軍記念日に向けての、決戦標語として選ばれた「久米の歌」に相違ない。幼女までもがこれを舌足らずに「撃チテチマン」と言う。

昭和二十年八月六日、爆心地からわずか五百メートルの本川土手で、集合していた二中の一年生、三百二十人の三分の一は即死、三分の二が川に飛び込んで、さいごの一人も八月十一日に亡くなる。川のなかで亡くなるまぎわに、「みたみわれ」を歌い、「海ゆかば」を歌い、「天皇陛下万歳」を唱えて死ぬ。もうさいごだと「君が代」を歌った少年。泳ぎのできない子は「ぼくら先にゆくよ」と、万歳を叫んで流れてゆき、みんな「お母ちゃん」と大声で言う。父親に「僕は戦地で戦っている兵隊さんと変わりないんだね」と念をおし、「くろがね」を歌ってくれとしきりにせがんだという少年。「海ゆかば水づくかばね」をつぶやきながら散っていった十二歳。……（栗原貞子『反核詩集　核なき明日への祈りをこめて』〈一九九〇〉より）

七十年まえのお国の実情であり、そこから戦後社会は脱出してきたように見えて、一千二、三百年、あるいは二千年（「久米の歌」の原型はそんなころだったろう）というような規模から見るならば、底流する愛国百人一首精神（と言うのか）は一息《やす》みしたあと、いつか目を覚ましてくる。まだかろうじて押さえ切っている七十年を高く評価することがまずは戦後の役割としてあろう。提案としては、二〇〇八年の『源氏物語』一千年紀（＝忌）前後に、『源氏物語』を日本文学から放り出せ、としきりに述べた私たった独りの反乱とともに、『万葉集』じたいを日本文学ではないという確認（これも繰り返した独りだけの宣言）として、ここでも繰り返すばかりのことだ。

もう『万葉集』を人類史の負の遺産として認定することで責任逃れしたいという本音でもある（か）！　『万葉集』や『源氏物語』を日本文学として死なしめ（いな、手厚く埋葬して）、代わりにどうするかって？　アジアの文学、世界文学へと登録し、記述させよう、と提案してきた。日本文学史から一千年よりまえを消して、アジアの文学、世界文学へ記憶遺産とせよ、というのが言おうとしたことだ。一千年よりこちらがわは、日本文学愛好家やノスタルジーや、古典大好き人間を刺戟しないように、「日本文学史」をのこそうという妥協線だ。表記一つとっても古代における中国文字と朝鮮語学との結合部位に『万葉集』は花開いた。

戦争の原因とその回避とについて、人類史的な深い問いかけへ考え進めるようにと、だれかが用意してくれた戦後七十年という、日本歴史のすきまではなかったか。第一次大戦後では、世界的に不戦条約（戦争放棄）が構想されても、日本国はそれをおのれに利するように計らったのであり、日中、太平洋戦争下にあっては、戦争にあけくれこそすれ、「戦争とは、非戦とは」という問いから最も遠い時代としてあった。「戦争とは、非戦とは」を根底から問うことが、もしかしたらば戦争学なのだとすると、戦争時代には戦争学から最も遠いところで、その戦争なるものがあらわに人類をたたきのめしている。辺見庸は世にまだ死刑学はない、と言明する。戦争学もまた、生まれなかった。とするならば、この七十年にこそ「戦争とは、非戦とは」を考察し尽くすのでなければ、もうチャンスはない。

ここ十年単位でようやくたどりつく私の「戦争とは、非戦とは」。このことについに想到するのは手遅れといえば手遅れということになる。数千年という歳月、人類は戦争にけっして飽きることなく、営々としてやりつづけている。このたったいまにも砂塵のなかで新しい戦争が起きつつあるときに、平和憲法に守られた（と言おう）日本社会から発信できる「戦争とは、非戦とは」にたどりつくとは、最も愚かな、しかし貴重な七十年の証明かもしれない。過去でなく、七十年はこれからに向かう。

私とても二冊の戦争論を書きながら、戦争学に行き着けない途方に暮れる足取りながら、死刑、人身犠牲などの陰惨な数千年と切り離しえないそれとようやく納得する。虐殺と、掠奪と、それに陵辱とを、それらのどれがおもだというのでなく、まったく三点セットとして、おとこを殺し、女性を出産要員として確保し（その変形に次ぐ変形が陵辱）、むろん、いっさいを掠奪する行為として、人類の当初からあったという、なさけない結論ということになるけれども、戦争学の始まり（死刑学でもある）として提示することにしよう。戦争の本質から批判は開始されるだろう。

あの二冊のどこかに私は石川達三『生きてゐる兵隊』を「まごうことなき反戦小説」というように書いて、その後、そんな読みではおかしいのではないかという、友人たちの意見はありがたかった。同年（一九三八）のうちに中国語訳がある、というカレン・ソンバー（ハーヴァード大学）の教示もあり、戦争は東アジアぜんたいの「交争」状態から読まなければならないのだ、というような、中国から訪れた詩人グループの指摘もあった。「交争」という語は杉野要吉編『交争する中国文学と日本文学』（三元社、二〇〇〇）から借りることにする（杉本正子「生きてゐる兵隊」論を含む）。

石川達三、あるいは井上靖の新聞小説を、伯母やおおぜいの従姉妹たちが毎日、一喜一憂して読んでいた。私もある種の日本近代文学ファンとなり、『現代日本文学全集』続編をつぎつぎに借り出して読む。しかし、そのような日本中心主義的読みをこのごろになって一八〇度ひっくり返されるとは。アジアから、世界から読まねばならないのだ、とは。日本語ネイティヴである私のためには、ある意味、残酷な七十年ではなかろうか。河原理子『戦争と検閲――石川達三を読み直す』（岩波新書、二〇一五）への高い評価がいまネット社会のなかで飛び交っている。ここからも戦争学は始まるだろう。

『辻詩集』から井上靖「この春を讃ふ」を引いておこう。要約すると（詩作品の要約というのは初めてだが）、妻が幼い二人の子に語る、遠いみんなみの海をおおう鋼鉄の、いくさ船をつくるために、幼ければ幼いままに、今日からは一粒の米を節し、一枚の紙をも惜しめ、と。ふとはげしいものが「私」を北の窓に立たせる。この春以前の春はなんだったのか、この生活以前の生活はなんだったのか、常に遠くを望ませて来たものはこれだった、と。「咲き盛る天平の春にも似て／このゆ

たかにして　切ない懐《おもひ》は何か。／神は　いま　たしかに／私たちの生活の中にも降り給ふて（ママ）ゐる」。
天平の「神」とは『万葉集』の神ということにたぶんなるのだろう。

万葉学にしても、言語学にしても、沖縄文化（奄美を含む）から、そして琉球語から構想しえたひとは、折口など少数をのぞけば、本土のひとびとのなかになかなかいない。それがどんなにだいじな詩的表現であり、言語であるか、沖縄や奄美の文学者や研究家が精魂尽くして語りかけてきたことを、七十年とこれからとはさらに課題にしつづけている。

資料篇

◉日本国々憲案（植木枝盛、一八八一）抄

第四編　日本国民及び日本人民の自由権利

第四十条　日本の政治社会にある者、之《これ》を日本国人民となす。

第四十一条　日本の人民は自ら好んで之を脱するか、及び自ら諾するに非ざれば、日本人たることを削がるゝことなし。

第四十二条　日本の人民は法律上に於て平等となす。

第四十三条　日本の人民は法律の外に於て自由権利を犯されざるべし。

第四十四条　日本の人民は生命を全《まった》ふし、四肢を全ふし、形体を全ふし、健康を保ち、面目を保ち、地上の物件を使用するの権を有す。

第四十五条　日本の人民は何等の罪ありと雖《いへど》も、生命を奪はれざるべし。

第四十六条　日本の人民は法律の外に於て何等の刑罰をも科せられざるべし。又《ま》た法律の外に於て鞫治せられ、逮捕せられ、拘留せられ、禁錮せられ、喚問せらるゝことなし。

第四十七条　日本人民は一罪の為めに身体汚辱の刑を再びせらるゝことなし。

第四十八条　日本人民は拷問を加へらるゝことなし。

第四十九条　日本人民は思想の自由を有す。

第五十条　日本人民は如何なる宗教を信ずるも自由なり。

第五十一条　日本人民は言語を述ぶるの自由権を有す。

第五十二条　日本人民は議論を演ぶるの自由権を有す。

第五十三条　日本人民は言語を筆記し板行して之を世に公けにするの権を有す。

第五十四条　日本人民は自由に集会するの権を有す。

第五十五条　日本人民は自由に結社するの権を有す。

第五十六条　日本人民は自由に歩行するの権を有す。

第五十七条　日本人民は住居を犯されざるの権を有す。

第五十八条　日本人民は何《いづ》くに住居するも自由とす。又た何くに旅行するも自由とす。

第五十九条　日本人民は何等の教授をなし、何等の学をなすも自由とす。

第六十条　日本人民は如何なる産業を営むも自由とす。

第六十一条　日本人民は法律の正序に拠らずして屋内を探撿せられ、器物を開視せらるゝ事なし。

第六十二条　日本人民は信書の秘密を犯されざるべし。

第六十三条　日本人民は日本国を辞する事、自由とす。

第六十四条　日本人民は凡そ無法に抵抗する事を得。

第六十五条　日本人民は諸財産を自由にするの権あり。

第六十六条　日本人民は何等の罪ありと雖も、其の私有を没収せらるゝ事なし。

第六十七条　日本人民は正当の報償なくして所有を公用とせらるゝ事なし。

第六十八条　日本人民は各《おのおの》其の名を以て政府に上書する事を得。各其の身のために請願をなすの権あり。其の公

立会社に於ては会社の名を以て其の書を呈する事を得。

第六十九条　日本人民は諸政官に任ぜらるゝの権あり。

第七十条　政府、国憲に違背するときは、日本人民は之に従はざる事を得。

第七十一条　政府、官吏圧政を為すときは、日本人民は之を排斥するを得。

政府、威力を以て擅恣暴逆を逞ふするときは、日本人民は兵器を以て之に抗する事を得。

第七十二条　政府、恣に国憲に背き、擅《ほしいまま》に人民の自由権利を残害し、建国の旨趣を妨ぐるときは、日本国民は之を覆滅して新政府を建設する事を得。

第七十三条　日本人民は兵士の宿泊を拒絶するを得。

第七十四条　日本人民は法庭に喚問せらるゝ時に当り、詞訴の起る原由を聴くを得。

己れを訴ふる本人と対決するを得。己れを助くる証拠人及び表白するの人を得るの権利あり。

◉明治憲法（大日本帝国憲法、一八九〇）抄

第一章　天皇

第一条　大日本帝国は万世一系の天皇、之を統治す。

第二条　皇位は皇室典範の定むる所に依り、皇男子孫之を継承す。

第三条　天皇は神聖にして侵すべからず。

第四条　天皇は国の元首にして、統治権を総攬し、此の憲法の条規に依り、之を行ふ。

第五条　天皇は帝国議会の協賛を以て立法権を行ふ。

第六条　天皇は法律を裁可し、其の公布、及び執行を命ず。

第七条　天皇は帝国議会を召集し、其の開会、閉会、停会、及び衆議院の解散を命ず。

第八条①　天皇は公共の安全を保持し、又は其の災厄を避くる為、緊急の必要に由り帝国議会閉会の場合に於て法律に代るべき勅令を発す。

②　此の勅令、次の会期に於て帝国議会に提出すべし。若し議会に於て承諾せざるときは、政府は将来に向て其の効力を失ふことを公布すべし。

第九条　天皇は法律を執行する為に、公共の安寧秩序を保持し、及び臣民の幸福を増進する為に必要なる命令を発し、又は発せしむ。但し命令を以て法律を変更することを得ず。

第十条　天皇は行政各部の官制、及び文武官の俸給を定め、及び文武官を任免す。但し此の憲法、又他の法律に特例を掲げたるものは各《おのおの》其の条項に依る。

第十一条　天皇は陸海軍を統帥す。

第十二条　天皇は陸海軍の編制、及び常備兵額を定む。

第十三条　天皇は戦を宣し、和を講じ、及び諸般の条約を締結す。

第十四条①　天皇は戒厳を宣告す。

②　戒厳の要件、及び効力は法律を以て之を定む。

第十五条　天皇は爵位、勲章、及び其の他の栄典を授与す。

第十六条　天皇は大赦、特赦、減刑、及び復権を命ず。

第十七条① 摂政を置くは皇室典範の定むる所に依る。
② 摂政は天皇の名に於て大権を行ふ。

第二章 臣民権利義務

第十八条 日本臣民たるの要件は法律の定むる所に依る。
第十九条 日本臣民は法律命令の定むる所の資格に応じ、均く文武官に任ぜられ、及び其の他の公務に就くことを得。
第二十条 日本臣民は法律の定むる所に従ひ、兵役の義務を有す。
第二十一条 日本臣民は法律の定むる所に従ひ、納税の義務を有す。
第二十二条 日本臣民は法律の範囲内に於て居住、及び移転の自由を有す。
第二十三条 日本臣民は法律に依るに非ずして逮捕、監禁、審問、処罰を受くることなし。
第二十四条 日本臣民は法律に定めたる裁判官の裁判を受くるの権を奪はるゝことなし。
第二十五条 日本臣民は法律に定めたる場合を除く外、其の許諾なくして住所に侵入せられ、及び捜索せらるゝことなし。
第二十六条 日本臣民は法律に定めたる場合を除く外、信書の秘密を侵さるゝことなし。
第二十七条① 日本臣民は其の所有権を侵さるゝことなし。
② 公益の為、必要な処分は法律の定むる所に依る。
第二十八条 日本臣民は安寧秩序を妨げず、及び臣民たるの義務に背かざる限りに於て信教の自由を有す。
第二十九条 日本臣民は法律の範囲内に於て、言論、著作、行集会、及び結社の自由を有す。
第三十条 日本臣民は相当の敬礼を守り、別に定むる所の規程に従ひ、請願を為すことを得。
第三十一条 本章に掲げたる条規、戦時又は国家事変の場合に於て天皇大権の施行を妨ぐることなし。
第三十二条 本章に掲げたる条規、陸海軍の法令、又は紀律に抵触せざるものに限り、軍人に準行す。

◉戦争抛棄に関する条約（パリ不戦条約、一九二八）抄

第一条 締約国は国際紛争解決の為、戦争に訴ふることを非とし、且《かつ》、其の相互関係に於て国家の政策の手段としての戦争を抛棄することを、其の各自の人民の名に於て厳粛に宣言す。
第二条 締約国は相互間に起ることあるべき一切の紛争、又は紛議は、其の性質、又は起因の如何を問はず、平和的手段に依るの外、之が処理、又は解決を求めざることを約す。
第三条 本条約は前文に掲げらるる締約国に依り、其の各自の憲法上の要件に従ひ批准せらるべく、且、各国の批准書が総て「ワシントン」に於て寄託せられたる後、直に締約国間に実施せらるべし。

◉憲法草案要綱（憲法研究会、一九四六）抄

根本原則（統治権）

一、日本国は統治権は日本国民より発す。

一、天皇は国政を親《みづか》らせず。国政の一切の最高責任者は内閣とす。

一、天皇は国民の委任により、専ら国家的儀礼を司る。

一、天皇の即位は議会の承認を経るものとす。

一、摂政を置くは議会の議決による。

国民権利義務

一、国民は法律の前に平等にして、出生、又は身分に基く一切の差別は之を廃止す。

一、爵位、勲章、其の他の栄典は総て廃止す。

一、国民の言論、学術、芸術、宗教の自由を妨げる如何なる法令をも発布するを得ず。

一、国民は拷問を加へらるることなし。

一、国民は国民請願、国民発案、及び国民表決の権利を有す。

一、国民は労働の義務を有す。

一、国民は労働に従事し、其の労働に対して報酬を受くるの権利を有す。

一、国民は健康にして文化的水準の生活を営む権利を有す。

一、国民は休養の権利を有す。国家は最高八時間労働制の実施、勤労者に対する有給休暇制、療養所、社交教養機関の完備をなすべし。

一、国民は老年、疾病、其の他の事情より、労働不能に陥りたる場合、生活を保証さるる権利を有す。

一、男女は公的、並びに私的に完全に平等の権利を享有す。

一、民族、人種による差別を禁ず。

一、国民は民主主義、並びに平和思想に基づく人格完成、社会道徳確立、諸民族との協同に努むるの義務を有す。

◉日本国憲法（一九四七）抄

第一章　天皇

第一条　天皇は、日本国の象徴であり、日本国民統合の象徴であつて、この地位は、主権の存する日本国民の総意に基く。

第二条　皇位は、世襲のものであつて、国会の議決した皇室典範の定めるところにより、これを継承する。

第三条　天皇の国事に関するすべての行為には、内閣の助言と承認を必要とし、内閣が、その責任を負ふ。

第四条①　天皇は、この憲法の定める国事に関する行為のみを行ひ、国政に関する権能を有しない。

②　天皇は、法律の定めるところにより、その国事に関する行為を委任することができる。

第五条　皇室典範の定めるところにより摂政を置くときは、摂政は、天皇の名でその国事に関する行為を行ふ。

この場合には、前条第一項の規定を準用する。

第六条① 天皇は、国会の指名に基づいて、内閣総理大臣を任命する。

② 天皇は、内閣の指名に基いて、最高裁判所の長たる裁判官を任命する。

第七条 天皇は、内閣の助言と承認により、国民のために、左の国事に関する行為を行ふ。

一 憲法改正、法律、政令、及び条約を公布すること。

二 国会を召集すること。

三 衆議院を解散すること。

四 国会議員の総選挙の施行を公示すること。

五 国務大臣、及び法律の定めるその他の官吏の任免、並びに全権委任状、及び大使、及び公使の信任状を認証すること。

六 大赦、特赦、減刑、刑の執行の免除、及び復権を認証すること。

七 栄典を授与すること。

八 批准書、及び法律の定めるその他の外交文書を認証すること。

九 外国の大使、及び公使を接受すること。

十 儀式を行ふこと。

第八条 皇室に財産を譲り渡し、又は皇室が、財産を譲り受け、若しくは賜与することは、国会の議決に基かなければならない。

第二章 戦争の放棄

第九条① 日本国民は、正義と秩序を基調とする国際平和を誠実に希求し、国権の発動たる戦争と、武力による威嚇、又は武力の行使は、国際紛争を解決する手段としては、永久にこれを放棄する。

② 前項の目的を達するため、陸海空軍その他の戦力は、これを保持しない。国の交戦権は、これを認めない。

第三章 国民の権利及び義務

第十条 日本国民たる要件は、法律でこれを定める。

第十一条 国民は、すべての基本的人権の享有を妨げられない。この憲法が国民に保障する基本的人権は、侵すことのできない永久の権利として、現在、及び将来の国民に与へられる。

第十二条 この憲法が国民に保障する自由、及び権利は、国民の不断の努力によつて、これを保持しなければならない。又、国民は、これを濫用してはならないのであつて、常に公共の福祉のためにこれを利用する責任を負ふ。

第十三条 すべて国民は、個人として尊重される。生命、自由、及び幸福追求に対する国民の権利については、公共の福祉に反しない限り、立法その他の国政の上で、最大の尊重を必要とする。

第十四条① すべて国民は、法の下に平等であつて、人種、信条、性別、社会的身分、又は門地により、政治的、経済的又は社会的関係において、差別されない。

② 華族その他の貴族の制度は、これを認めない。

③ 栄誉、勲章その他の栄典の授与は、いかなる特権も伴

はない。栄典の授与は、現にこれを有し、又は将来これを受ける者の一代に限り、その効力を有する。
第十五条① 公務員を選定し、及びこれを罷免することは、国民固有の権利である。
② すべて公務員は、全体の奉仕者であつて、一部の奉仕者ではない。
③ 公務員の選挙については、成年者による普通選挙を保障する。
④ すべて選挙における投票の秘密は、これを侵してはならない。選挙人は、その選択に関し、公的にも私的にも責任を問はれない。
第十六条 何人も、損害の救済、公務員の罷免、法律、命令、又は規則の制定、廃止又は改正その他の事項に関し、平穏に請願する権利を有し、何人も、かかる請願をしたためにいかなる差別待遇も受けない。
第十七条 何人も、公務員の不法行為により、損害を受けたときは、法律の定めるところにより、国、又は公共団体に、その賠償を求めることができる。
第十八条 何人も、いかなる奴隷的拘束も受けない。又、犯罪に因る処罰の場合を除いては、その意に反する苦役に服させられない。
第十九条 思想、及び良心の自由は、これを侵してはならない。
第二十条① 信教の自由は、何人に対してもこれを保障する。いかなる宗教団体も、国から特権を受け、又は政治上の権力を行使してはならない。
②何人も、宗教上の行為、祝典、儀式、又は行事に参加することを強制されない。
③国及びその機関は、宗教教育その他いかなる宗教的活動もしてはならない。
第二十一条① 集会、結社及び言論、出版その他一切の表現の自由は、これを保障する。
② 検閲は、これをしてはならない。通信の秘密は、これを侵してはならない。
第二十二条① 何人も、公共の福祉に反しない限り、居住、移動、及び職業選択の自由を有する。
② 何人も、外国に移住し、又は国籍を離脱する自由を侵されない。
第二十三条 学問の自由は、これを保障する。
第二十四条① 婚姻は、両性の合意のみに基づいて成立し、夫婦が同等の権利を有することを基本として、相互の協力により、維持されなければならない。
② 配偶者の選択、財産権、相続、住居の選定、離婚並びに婚姻及び家族に関するその他の事項に関しては、法律は、個人の尊厳と両性の本質的平等に立脚して、制定されなければならない。
第二十五条① すべて国民は、健康で文化的な最低限度の生活を営む権利を有する。
② 国は、すべての生活部面について、社会福祉、社会保障、及び公衆衛生の向上、及び増進に努めなければならない。
第二十六条① すべて国民は、法律の定めるところによ

り、その能力に応じて、ひとしく教育を受ける権利を有する。
② すべて国民は、法律の定めるところにより、その保護する子女に普通教育を受けさせる義務を負ふ。義務教育は、これを無償とする。
第二十七条① すべて国民は、勤労の権利を有し、義務を負ふ。
② 賃金、就業時間、休息その他の勤労条件に関する基準は、法律でこれを定める。
③ 児童は、これを酷使してはならない。
第二十八条　勤労者の団結する権利、及び団体交渉その他の団体行動をする権利は、これを保障する。
第二十九条① 財産権は、これを侵してはならない。
② 財産権の内容は、公共の福祉に適合するやうに、法律でこれを定める。
③ 私有財産は、正当な補償の下に、これを公共のために用ひることができる。
第三十条　国民は、法律の定めるところにより、納税の義務を負ふ。
第三十一条　何人も、法律の定める手続によらなければ、その生命、若しくは自由を奪はれ、又はその他の刑罰を科せられない。
第三十二条　何人も、裁判所において裁判を受ける権利を奪はれない。
第三十三条　何人も、現行犯として逮捕される場合を除いては、権限を有する司法官憲が発し、且つ理由となつてゐる犯罪を明示する令状によらなければ、逮捕されない。
第三十四条　何人も理由を直ちに告げられ、且つ、直ちに弁護人に依頼する権利を与へられなければ、抑留、又は拘禁されない。又、何人も、正当な理由がなければ、拘禁されず、要求があれば、その理由は、直ちに本人、及びその弁護人の出席する公開の法廷で示されなければならない。
第三十五条① 何人も、その住居、書類、及び所持品について、侵入、捜索、及び押収を受けることのない権利は、第三十三条の場合を除いては、正当な理由に基いて発せられ、且つ捜索する場所、及び押収する物を明示する令状がなければ、侵されない。
② 捜索又は押収は、権限を有する司法官憲が発する各別の令状により、これを行ふ。
第三十六条　公務員による拷問、及び残虐な刑罰は、絶対にこれを禁ずる。
第三十七条① すべて刑事事件においては、被告人は、公平な裁判所の迅速な公開裁判を受ける権利を有する。
② 刑事被告人は、すべての証人に対して審問する機会を充分に与へられ、又、公費で自己のために強制的手続により証人を求める権利を有する。
③ 刑事被告人は、いかなる場合にも、資格を有する弁護人を依頼することができる。被告人が自らこれを依頼することができないときは、国でこれを附する。
第三十八条① 何人も、自己に不利益な供述を強要されない。

② 強制、拷問、若しくは脅迫による自白、又は不当に長く抑留、若しくは拘禁された後の自白は、これを証拠とすることができない。

③ 何人も、自己に不利益な唯一の証拠が本人の自白である場合には、有罪とされ、又は刑罰を科せられない。

第三十九条　何人も、実行の時に適法であつた行為、又は既に無罪とされた行為については、刑事上の責任を問はれない。又、同一の犯罪について、重ねて刑事上の責任を問はれない。

第四十条　何人も、抑留、又は拘禁された後、無罪の裁判を受けたときは、法律の定めるところにより、国にその補償を求めることができる。

第十章　最高法規

第九十七条　この憲法が日本国民に保障する基本的人権は、人類の多年にわたる自由獲得の努力の成果であつて、これらの権利は過去幾多の試錬に堪へ、現在、及び将来の国民に対し、侵すことのできない永久の権利として信託されたものである。

第九十八条①　この憲法は、国の最高法規であつて、その条規に反する法律、命令、詔勅、及び国務に関するその他の行為の全部、又は一部は、その効力を有しない。

② 日本国が締結した条約、及び確立された国際法規は、これを誠実に遵守することを必要とする。

解題

「平和について考えました」……『春楡の木』思潮社、二〇一一
「平和」……同
　『原爆の子』（新藤兼人監督、一九五二）を見た子供たちは、岩吉爺さんから子供を奪い取っていった乙羽信子を憎んだ。この映画は全国で先生方が子供たちに見せていた。
「メモへメモから」……『美しい小弓を持って』思潮社、二〇一七
「チェーン──9・11のあとから」……『神の子犬』書肆山田、二〇〇五
　アメリカ同時多発テロ事件（二〇〇一・九・一一）を戦争として捉える。回文詩はうしろから読んでもおなじ詩になる。チェーンとはメールの連鎖でもある。

Ⅰ

「戦争から憲法へ」……書き下ろし、二〇一八・一

Ⅱ

「福島の表現する詩人たち」……『立正大学文学部論叢』一三五号、二〇一二・三
　『〈ケアの思想〉の錨を──3・11、ポスト・フクシマ〈核災社会〉へ』（金井淑子編、ナカニシヤ出版、二〇一四）にも掲載される。
「声、言葉──次代へ」……『現代詩手帖』二〇一三・六
　特集号に『東歌篇──異なる声 独吟千句』改訂版とともに寄稿する。

「『二〇一一〜二〇一四』と明日とのあいだ」……『口承文芸研究』三十八号、二〇一五・三
3・11東日本大震災のあとの取り組みのうち、口承文学が関与したことその他について、記録をのこしておきたく思い、日本口承文芸学会の研究誌上に発表する。

Ⅲ

「出来事としての時間が不死と対峙する——ブルガリア稿」……ブルガリア・ソフィア大学スラヴ学部での国際会議での発表原稿、二〇一一・五・一三
会議での総題は前年から与えられていた「不死そして出来事」。3・11直後とあまりにも符合するテーマが悲しかった。国境を二つ隔てるさきにはチェルノブイリがある。ダリン・テネフがそのあとブルガリア語で大きな会議録を作成する。

「亡霊の告げ——演劇物語論」……『物語研究』十四号、二〇一四・三
物語研究会での発表要旨を掲げておく。「演劇（神事から訣れて成立するにしても）を支えるのはperformativityだ。ものすごい危機的な転換点で、（たとえば）人身犠牲からの脱却や（祭祀へ向かうだろう）、戦闘（虐殺、掠奪、陵辱）の擬制化、村や家の起源神話の成立、昔話（口承説話）の簇生、（慰鎮しようがないにせよ）御霊（＝亡霊）祭祀の成長……、それらが仮面や舞踏の夜に幻出し、歌謡（詩歌）を、語り（のルール）を、演出（舞台、作り物、俳優、台本、作劇法）をというように、擬態に（木の葉に、枯れ枝に、鳥のうんこに）分化して、芸能を足組みし、演劇へ構築される。物語を支えるすべてのperformativityもまたそこに胚胎しよう。〝前〟神話紀を措いて、①神話紀、②昔話紀、③フルコト紀、④物語紀、⑤ファンタジー紀、および紀と紀との〈間〉境域にものすごい危機が訪れて、文化や文学事象を産むという見渡しである」。二〇一三年八月物語研究会大会（於・犬山市）のシンポジウムでの発表原稿に加筆する。

「新しい文学〈視〉像を求めて——石牟礼道子『苦海浄土』を巡り」……『イリプス』Ⅱ-二十一号、二〇一七・二

神戸での発表（二〇一六・一〇・二二）。松尾省三さんがまとめてくれる。石牟礼道子『苦海浄土』について、初めての発言。

「『からゆきさん』と『帝国の慰安婦』」……『対話のために――「帝国の慰安婦」という問いをひらく』浅野豊美・小倉紀蔵・西成彦編著、クレイン、二〇一七・五

日本近代文学の研究者、韓国で知り合って以来の友人、朴裕河《パクユハ》（『ナショナル・アイデンティティとジェンダー』『和解のために』そして『帝国の慰安婦』の著者）が、告訴され有罪を宣告される事態に対して、これだけは言うべきを一文に草した。『からゆきさん』は森崎和江（詩集『さわやかな欠如』〈国文社、一九六四〉がある）の著書。

Ⅳ

「近代と詩と――主題小考」……『白鯨　詩と思想』四号、一九七四・六

戦争について考え始めた幼稚な初稿をここにそっと掲げたい。戦争を第一原因と第二原因とに分けて、一般には第二原因についてのみ論じられる戦争を、人類学的な第一原因まで視野にいれるべきではないかと指摘し、それの克服のためにはわれわれの本能までをも批判すべきではないかとする。四十年後の本書『非戦へ』の趣旨とあまりにもかさなるので、『言葉の起源』（書肆山田、一九八四）および『藤井貞和詩集』（思潮社、一九八四）に一旦収録してあるのを、もとにもどしてここに載せることとする（やはりやや改稿がある）。

「分かってきたことと不明と」……『現代詩手帖』二〇一五・八

戦後七十年特集の寄稿。

※本書収録にあたって、初出のタイトルを改めたものがある。

#「戦争」のこと

解説に代えて

桑原茂夫

藤井貞和とは、学生時代にガリ版刷の同人誌『星の鏃《やじり》』をつくり、その版元（！）を「反抗社出版」と名付けて以来の友人である。ほとんど同年齢であり、「反戦」デモでは、同じ隊列にいて、機動隊に殴られ蹴られした（蹴り返しもしたっけ）仲でもある。もっとも藤井貞和はいつも一方的にボコボコにされていて、歯痒く思ったものなのだが。

その後、特に親しくしていたわけでもなかったが、藤井貞和が『湾岸戦争論』（河出書房新社、一九九四年）を書いたことを知り、しかも機動隊とは別口の「詩人」たちからボコボコにされかかっていたことに驚き、悲憤慷慨、3・11を直接の契機として、再び議論を交わすようになり、「3・11憲法研究会」という小さなグループを立ち上げるに到った。いまはその研究会もいろいろな事情が重なって休止状態になっているが、ぼくのほうは個人誌『月あかり』で、書くべきことを誰れ憚ることなく書くことをこころざし、藤井貞和は戦争論を着々と書き続けていた。藤井貞和にとってもぼくにとっても「戦争」は、どこか遠くで起こっているマボロシではなく、想像力のど真ん中で、真っ赤な炎を噴き上げ、轟音をとどろかせ、肝っ魂を縮み上がらせる「現実」なのだ。

その「戦争」の一端を記した、以下の一文は、学生時代に藤井貞和とサシで話し合っていたことの延長線上にある。さらに言えば、藤井貞和の「戦争論」を読み込むための、少なくとも手がかりにはなるんじゃなかろうか、と。

六〇年安保闘争は反戦運動だった

さて唐突なようだが、数年前、旧知の故・長友啓典さんから、自分が編集する雑誌で「一九六〇年代」を特集するからと言われ、次のような小文を書いた。広告関係の人が多く関わるマガジンで場違いだったのだろう、まったく反応はなかった。いま考えると「高度成長期と広告」が隠しテーマだったのかもしれない。掲載された後でも、長友啓典さんと向き合ってちゃんと話せばよかったなと、後悔先に立たずの気分である。

一九六〇年代は、わが「青春」まっさかりのとき。その幕開けは、一九六〇年春から夏にかけての「六〇年安保」の熱い日々である。ぼくはそのとき高校三年生。自分でも持て余すくらい、すべての感覚が尖っていたときだから、学校裏の国会周辺からさかんに聞えてくる喚声やどよめきに、冷静でいられるはずもなかった。そして国会周辺でさまざまな光景を目撃することになるのだが、もっとも衝撃的だったのは、四月二六日の「全学連」だった。国会前にずらりと並んだ警察の装甲車の上に立ち「われわれはなんのためにここに来たのか！」と叫んだ、唐牛《かろうじ》健太郎・全学連委員長(1)のアジテーションは凄かった。そのコトバとともに、学生服を着た学生たちが次々と装甲車によじ登り、向こう側で待ち受ける機動隊の中に身を投げてゆく。見聞きしていて鳥肌が立った。

（1）　函館の出身。いまは函館港の見える墓地に眠る。北海道大学教養学部時代に上京し、砂川闘争（これもたしかに反戦運動であり、ぼく自身は中学生でその報道に強い衝撃を受けた）に参加。全学連委員長として、日本共産党を否定する共産主義者同盟（いわゆるブント）に加わり、六〇年安保を闘う。四・二六のこの闘争で逮捕され、死者の出た六・一五闘争時は獄中だった。その後、闘争資金集めなどで、ネガティブな噂を流されたりしながら、一九六二年以降は全国を放浪、一九八四年にこの世を去ったが、その名はいまもぼくの記憶に深く刻み込まれている。

いまも、思い出すたびにぞくっとくるシーンなのだが、もしあのとき、ぼくの父親があの現場にいたら、どんなことが起こっただろうか、と考えてしまう。ふだん無口でおとなしい父が俄《にわ》かに「まつろわぬ者」としてのオニに変身したかもしれない。そしてふだんじーっとしながら蓄えていたオニの力を奮い立たせて、思いがけぬ行動を起こしたかもしれない。

と、これは突拍子もない想像ではない。滅多に言葉を発しなかった父親が、六〇年代初頭の激動が収束していくにつれて、ふっと「ゼンガクレンも弱くなったなあ」と、ぼくに向かって呟いたのだった。ゼンガクレンの闘争はまさに「反戦運動」であり[2]、「反戦」を怯《ひる》むことなく叫んでいたゼンガクレンに、父親は「まつろわぬ者」のにおいを嗅ぎ取っていたんじゃないかと思うからだ。

ぼくの父親は、ぼくが二歳になったばかりのときに応召し、「本土決戦」の最前線になったかもしれない長崎県五島列島の特攻艇基地で終戦を迎え、被爆したばかりの長崎の町を経由して復員してきた。その間、父親に何があったのか、どんなことが起こったのか、とうとうなにひとつ聞かされることなく、亡くなってしまった。出征してから復員するまでのことは、何も話したくなかったのだろうと推測するしかないのだが、母親が「オトーサンには戦友がいない。戦友会にも行かない」と、なかば呆れたように言っていたのから推察しても、とにかくそのときのことがいやでいやでたまらず、戦争に対するネガティブな思いが、滅法つよかったのだろう。

コトバなんかおぼえるんじゃなかった!

言葉なんかおぼえるんじゃなかった
言葉のない世界

意味が意味にならない世界に生きてたら
どんなによかったか

これは田村隆一さんの第二詩集『言葉のない世界』(昭森社、一九六二年)に収録されている作品「帰途」の一節である。ぼくにとってこの「言葉のない世界」というフレーズは、実に魅力的でありながら、どこか謎めいた響きを持つ、不思議なフレーズであり続けた。このフレーズを紡ぎ出したという、そのことだけで、田村隆一さんは、ぼくにとってまさに「端倪《たんげい》すべからざるひと」であった。

ところで、この「言葉のない世界」というフレーズに見え隠れしている「言葉」とは何か——漠然と、ふだん使っている言葉だったり、文学的表現を生み出す言葉だったり、なかなかつかみどころが難しかったのだが、ほとんど言葉を失ってしまった、自分の父親のすがたを思い返しているうちにふっと、もしかしたら「戦争」を不可避のものとしたコトバ、「国家」を「国家」たらしめたコトバなのではないかと、

---

(2) 一九六〇年は、戦争が終わってわずか一五年後のことであり、朝鮮戦争を経て、日本という国家は、まさかまさかの展開を図っていたのである。朝鮮戦争が勃発した一九五〇年、進駐軍(米軍)はその戦力を朝鮮半島に投入せざるをえなくなり、その代替治安部隊として、七万五千人の「警察予備隊」が日本に創設された。職のない復員兵などが溢れていた時代だったから、言ってみればこれも「朝鮮特需」なのだろうが、どう見ても「軍隊」だったから、子どものときに散々な目にあったり、信じがたいことを見聞きしてきた世代にとって、あれっ、戦争は終わったんじゃないのか、という疑問を持つのは当然のことだった。そしてこの「警察予備隊」が一九五二年には「保安隊」に、五四年には「自衛隊」あれよあれよとに改編されていき、戦争の悪夢は現実のものとなっていった。このような流れの中での、アメリカとの「安全保障条約」である。軍事条約以外のなにものでもなかった。つまり、「反安保」は即ち「反戦」であり、これはまことに感覚的な、ストレートな思いだったのである。

思い当たった。

ずばり、それこそが「教育勅語」であり「軍人勅諭」である。天皇が発したミコトノリである。そのことを証明することはできないけれど、そのように思うことによって、ぼくの田村隆一像は、かなしく、それゆえにいかにも田村隆一さんらしく見えてきた。

これほどダイレクトにそのコトバのことを書いたひとはいなかった。書かなかったひとたちは、自らのからだの底の底にまで沁みとおった、そのコトバの存在に気づかなかったのか、気づかないふりをしてやり過ごしてきたのか、それともそのコトバを発した存在に対するおそれがずーっとあったのか。その可能性も低くはない。

国家が、戦争が、ひとりひとりの言葉を奪ってゆくプロセスは、実に巧妙に仕組まれていて、ひと言で言えば、ほんとうのところは強引に叩き込まれてきたそのコトバを、あたかも一人ひとりが自らの意思で！　積極的に！　我がものにしてきたのだという錯覚の渦へ自らを投げ込んでいくのだから、それをあらためて否定的にとらえるのは、きわめて難しいことなのだろう。自分を根底から否定することになりかねないのだから。

こんなフレーズも、田村隆一さんは絞り出すように書いている。一九五六年刊の第一詩集『四千の日と夜』（東京創元社）に収録された「立棺」という作品の中で――

……
地上にはわれわれの墓がない
地上にはわれわれの屍体をいれる墓がない
……
地上にはわれわれの国がない

地上にはわれわれの死に価いする国がない
……
地上にはわれわれの国がない
地上にはわれわれの生に価いする国がない

ちなみに詩集のタイトル『四千の日と夜』には、終戦からおよそ四千日を経た今、というほどの意味が隠されている。

やったぜ！　戦争だ！　センソウだ！——

次に引用する文章は、太平洋戦争開戦直後に発行された、詩誌『四季』（一九四一年一月号）の編集後記である。

われら日本に生まれて空前の欣ばしきときに際會した。去る十二月八日はわれらの太平洋が邪魔物もなく、ぐんとアメリカの岸邊まで見とほしになつた日であつた。いまや大稜威と皇軍の忠節勇武により、將た一億の民の總熱意によつて、東亜をとりまく敵國の基地がわが共榮の洋《うみ》のほとりから一掃されやうとしてゐる。愛する後進民族たちの歡聲もその日の至るを俟つて、まさに湧きあがらうとしてゐる。それだけに、われらの將來にとつていまが明暗の境なる必死のときでもある。必死のとき、乃ち外に向つて祖國があるかぎりの力で戰つてゐるとき、雄たけびのとき——それはまた半面に於いて最もしづかなる神とともに在るときであつて、文學の精神が理屈なく「詩」にまで高められるときなのである。

世界史を劃する重大な時機にあつて、われらは詩を書くことに戦場にはせ向ふごとき光榮を感じる。どうかわが國の文學がいまの詩精神の高まりを基調にして、未来も花々しく開花するやうにしたい。斯る希望のもとに「四季」は昭和十七年の一歩を踏み出す。（丸山）

執筆したのは詩人・丸山薫である。初めてこれを日本近代文学館で読んだときの衝撃は、ちょっと忘れることができない。ぼくにとっては、戦争に対する見方が大きく変わった節目のときでもあった。それまでは開戦などとんでもないことと、ほとんど誰もがネガティブにとらえていたにちがいないと、ぼくは勝手におもいこんでいたのである——バカである、ほんとにダマされやすいバカであった。

そのうえ『四季』といえば、堀辰雄、三好達治、立原道造などを同人としていた、抒情詩の中核に位置する詩誌と認識していたから、ナニコレ？　だった。「空前の欣ばしきとき」と手放しでよろこび「大稜威と皇軍の忠節勇武により、將た一億の民の總熱意によつて」とほめたたえる活字が組まれていることに、ただただ驚き、これは聞き捨てならぬ、容易ならざることと思って、範囲を広げて調べてみたら、すぐに、こうした反応がむしろ当たり前だったのだと知って、さらに愕然としたのである。

あらためて、開戦の時の感想や表現を集めた半藤一利さんの本（『十二月八日と八月十五日』文春文庫、二〇一五年）からちょっと孫引きさせてもらうだけでも、続々と——

「開戦の知らせは、そういう重苦しい緊張感から僕らを開放してくれた」（吉本隆明の談話から。開戦当時、十七歳だったというからもう立派なおとなである。あの論客・吉本にしてこうだったのだ。アチャー！）

「聖戦という意味も、これではっきりしますし、戦争目的も簡単明瞭になり、新しい勇気も出て来たし万事やりよくなりました」（本多顕彰《あきら》＝当時四十三歳、気鋭の評論家）

「ただ一語己れを滅する、それあるのみ」「平和な時代の常識を捨てよう。自分の利害によって行動するという常識を捨てよう」（石川達三＝当時三十六歳、作家。ただの作家ではない。戦後すぐ、中国大陸における日本

陸軍の実態を暴き出した『生きてゐる兵隊』を著し、今もなお反戦作家として注目されることのある作家なのだ）

そりゃないぜ、と言いたくなる表現ばかりだが、吉本隆明が「重苦しい緊張感」と言っているのは、日本という「国家」の大陸侵略とそれによる国際的孤立を受けてのことだが、その重苦しさというのは、国家総動員法や治安維持法などでがんじがらめにされたマスメディアが作り出した雰囲気であって、その暗雲を吹き払うために開戦はもはや不可避のことと目されていた。

そこに大きく重なるのが、「国家」の意義である。開戦には「国家」を危機から救うために、という誰もが納得してしまいそうな大義名分があった。この「国家」がクセモノであって、すでにその時点までに「国家」は共通認識のもとにあった。どんな認識であったか、そこに浮かび上がってくるのが、「国家」の絶対的頂点に立つ天皇の、ミコトノリにほかならない「教育勅語」であり「軍人勅諭」なのである。

なにしろこれは侵すべからざるミコトノリなのである――

「教育勅語」は明治二十三（一八九〇）年十月三十日に発せられた。その前、明治十五（一八八二）年一月四日にやはり天皇から発せられた「軍人勅諭」の、いわば基礎編であり、軍人どころか、子どもの頃からとことんおぼえさせられ、刷りこまれたコトバである。

朕惟フニ我カ皇祖皇宗国ヲ肇ムルコト宏遠ニ徳ヲ樹ツルコト深厚ナリ我カ臣民克ク忠ニ克ク孝ニ億兆心ヲ一ニシテ世世厥ノ美ヲ済セルハ此レ我カ国体ノ精華ニシテ教育ノ淵源亦実ニ此ニ存ス爾臣民父母ニ孝ニ兄弟ニ友ニ夫婦相和シ朋友相信シ恭倹己レヲ持シ博愛衆ニ及ホシ学ヲ修メ業ヲ習ヒ以テ智能ヲ啓発シ徳器ヲ成就シ進テ公益ヲ広メ世務ヲ開キ常ニ国憲ヲ重シ国法ニ遵ヒ一旦緩急アレハ義勇公ニ奉シ以テ天壌無窮ノ皇運ヲ扶翼スヘシ是ノ如キハ独リ朕カ忠良ノ臣民タルノミナラス又以テ爾祖先ノ遺

風ヲ顕彰スルニ足ラン
斯ノ道ハ実ニ我カ皇祖皇宗ノ遺訓ニシテ子孫臣民ノ倶ニ遵守スヘキ所之ヲ古今ニ通シテ謬ラス之ヲ中外ニ施シテ悖ラス朕爾臣民ト倶ニ拳々服膺シテ咸其徳ヲ一ニセンコトヲ庶幾フ
明治二十三年十月三十日
御名御璽

普通には読めっこない。ミコトノリだからこそ、普通に読めたり普通に理解できるようでは有難味が薄れるだけでなく、理解が深まらない。それではダメなのである。で、とるものもとりあえず、オンで覚えてゆくことになる。

ちんおもうにわがこうそこうそうくにをはじむることこうえんに……いったんかんきゅうあればぎゆうこうにほうじもっててんじょうむきゅうのこううんをふよくすべし……

このままではちんぷんかんぷん、じゅげむじゅげむごこうのすりきれ、になってしまう、というわけで、公的な解釈書をもとに教師たちが説明して、暗誦させた。内容的には、万世一系の天皇のためにこころを一つにして忠孝に励み、事起こらば個々の身を投じてでも天皇を護れ、ということになる。

一九三〇年代の『尋常小学校修身書・巻六（第四期修身書）』には、この勅語の意義が収斂された部分、「一旦《いったん》緩急あれば義勇公《ぎゆうこう》に奉じ」は「もし国に事変が起こったら、勇気を奮い一身をささげて、君国のために尽くさなければなりません」と解説されていた。そして戦線が一気に拡大していった一九四一年以降の「初等科修身」教科書では、「勇気をふるひおこして、命をささげ、君国のためにつくさなければなりません」と、より具体的に「命」に言及されるようになっていた。

汝ら「臣民」よ！　すべては「朕」のために！――

「教育勅語」は簡潔にして要を得ている。じつに巧みな構成になっていて、まず国家開闢《かいびゃく》のときから連綿と続いてきた天皇と「臣民」の関係を明確にしてから、「臣民」がいかにあるべきかを説く。これがいま「教育勅語」の十二徳目などと称されている、親孝行、夫婦の和、学問のすすめなどの「徳」の列挙である。それを受けて、いざというときにはそうして磨き上げた心身を天皇に捧げよ、ということに尽きる。

　個人や家族の存在は、それ自体として存在することなく、すべて天皇に収斂されていく。そういう国家構造をあからさまに示しているのが「教育勅語」なのであって、ことさらに十二徳目を挙げて「いいこと言ってるじゃないか」などとわざわざ（としか思えないのだが、もしかしたら本気なのかもしれない）ノーテンキなことを言っている場合じゃないのだ。どこをどうひっくり返したって、主権在民や基本的人権を標榜している憲法と相いれるところはない。「憲法の範囲内なら」という条件付きの「教育勅語」復活なんて自己矛盾も甚だしいのである。たぶんそのような論者（政治家）の大部分は、教育勅語を読んでいないか、そもそも読みとることができないできたのだろう。

　さて実際のところ「教育勅語」がどのように叩き込まれてきたか、自ら教育者として「教育勅語」を子どもたちにおしえこんできたという、作家・三浦綾子さんの『銃口』という作品（小学館、一九九四年）に、次のようなシーンがある。

> 四年生になった時、教頭先生が屋内運動場に四年生全員を集めて、奉安殿《ほうあんでん》について話をした……職員玄関に向かう正門の左手に、赤い煉瓦造りの小さな祠とも宮とも小屋ともつかぬ建物がある。「この奉安殿には何が入っているか、知っているか」
> 「ご真影《しんえい》」という声が、あちこちにした。「ご真影とは何か、わかる者」指された者が答えた。「天皇陛下と皇后陛下の写真です」「そうだ。そのとおりだ。奉安殿にはご真影と教育勅語が入ってい

る。共に、国から預かった大事な宝物である」教頭先生はおごそかな顔をした。「どうしてその宝物を学校の中に置かず、そこに置くか……ここが大事なところだ。宝物ですから、焼けては困るのです。万一教室のストーブから火が出て学校が焼ければ、畏れ多くもご真影が燃えてしまう」

「教育勅語」は天皇のミコトノリであり、「ご真影」とともに、命に代えても守るべき、神聖なものだったのだ。実際、奉安殿に火災を起こしてしまった小学校で、校長が割腹自殺をした事例もあって、当時は「美談」として語り継がれていた。(3)

朕は汝等軍人の大元帥なるぞ！

さて、教育勅語のおおもとに、岩盤のようにあった「軍人勅諭」とはどういうものだったのか。志願兵だろうと、否も応もなく召集され戦地に送り込まれた者であろうと、軍隊に編入されれば帝国陸・海軍の軍人であり、軍人となったからには、その脳髄の髄にまで叩き込まれるミコトノリだった。(4)

「我が国の軍隊は世々天皇の統率し給ふ所にぞある」から始まり、「朕は汝等軍人の大元帥なるぞ。されば朕は汝等を股肱《ここう》と頼み、汝等は朕を頭首と仰ぎてぞ、その親しみは特に深かるべき」と続き、さらに、軍人のあるべきすがたを列挙している。そのなかに「義は山嶽よりも重く死は鴻毛よりも軽しと覚悟せよ」というフレーズもある。おまえらのイノチなんぞ羽毛よりも軽いのだ、と躊躇わず言い切っている。

「命は地球より重い」と言ったのは誰だっけ。それが当たり前の感覚ではなかったっけ。

さらにこんな具体的、かつ深刻なフレーズもある——「上官の命を承ることは実は直《ただち》に朕が命を承る義なりと心得よ」。

このフレーズがもたらした現実は、いまに伝えられるいろいろな話から想像するだけでも、あまりにも過酷であった。どんなに理不尽な（間違いだらけの）命令であっても、それが上官からの命令であれば、すなわち天皇の命令なのだから、絶対に逆らえない。逆らえば即、死、なのである。

（3）二〇一七年秋、大相撲の世界で横綱引退を伴うすったもんだがあったが、そのとき貴乃花親方が出した声明文は、まさに「教育勅語」に則ったもので、びっくりしながら興味深く読んだ。以下は原文のママの抜粋である――国家安泰を目指す角界でなくてはならず〝角道の精華〟陛下のお言葉をこの胸に国体を担う団体として組織の役割を明確にして参ります／角道の精華とは、入門してから半年間相撲教習所で学びますが力士学徒の教室の上に掲げられております陛下からの賜りしの訓です、力と美しさそれに素手と素足と己と闘う術を錬磨し国士として力人として陛下の御守護をいたすこと力士そこに天命ありと心得ております（中略）陛下から命を授かり現在に至っておりますので〝失われない未来〟を創出し全国民の皆様及び観衆の皆様の本来の幸せを感動という繋ぐ心で思慮深く究明し心動かされる人の心を大切に真摯な姿勢を一貫してこの心の中に角道の精華として樹立させたいと思います――

　このような考え方が、これから力を得ていくであろうことを予感させる「声明」であった。

（4）「五島（長崎県五島列島）における海軍特攻基地」（『浜木綿』一〇〇号、二〇一六年）を著した深尾裕之さんはその最後に、特攻艇「震洋」隊の搭乗員だった島木昇さんの証言を収録している――教育の力の偉大さに、今更ながら驚いております。物心ついた時から激動の波の中にあり、家庭・学校を問わず、男子は天皇陛下の為、お国の為に軍人になるのが当然の道であり目標でした。小学校に入学すれば、教育勅語「朕惟フニ皇祖皇宗……」を暗記し、旧制中学校に入学すれば、軍人勅諭「我ガ国ノ軍隊ハ世々天皇ノ統率シ給フトコロニゾアル」を暗誦し、すべてが金科玉条で、できるだけ忠実に実行することが「忠君愛国」「忠孝一致」の精神に叶う道だと確信しておりました――

　この証言によると、「軍人勅諭」はなにも軍人になってから叩き込まれるようなシロモノではなかったのだ。旧制中学ですでに諳んじていたのである。ありがたいミコトノリなのだから、もちろん疑いを差し挟む余地なく、ポジティブに取り組んだのだろう。

先日（二〇一七年末）たまたま、悪名高い「インパール作戦」の実態を、もっぱらイギリス軍の撮ったフィルムで構成したドキュメンタリー番組（NHK BS『戦慄の記録 インパール』）を見たが、二万人以上の死者を出した（餓死者も少なくなく、死体は山道に放っておかれ、腐敗するにまかされていたため、そのルートには「白骨街道」という異名が付けられている）[5] あまりにも無謀な作戦の立案と実際、そしてこの作戦実行を命令した上官（たとえば牟田口中将）の「わたしは間違っていなかった」とする戦後の談話は衝撃的だった。これに対して、無責任じゃないか、と言うのは簡単だが、実は責任のとりようがなかったのかもしれない、ということに思い当たったのも、われながらショックだった。責任を追及すれば、命令系統を遡ることになり、行き着くところは天皇なのだから。だれも責任をとらず、もみ消すしかなかったのだろう。ひどい話である。

結城昌治さんの作品『軍旗はためく下に』にも、似た話は次々に出てくるし、[6] 原一男監督のドキュメンタリー映画『ゆきゆきて、神軍』（一九八七年）で、奥崎謙三さん[7]が追及してやまなかったのも、命令と責任の問題ではなかっただろうか。もちろんあっさり記すようなことではないのだけれど、あの戦争についていえば、基本的に「命令」には「責任」が伴っていなかった。もっと言うと、どのようなコトバにも責任はくっついていなかったのだ。ただひとり、ミコトノリを発した天皇を除いては。

そんなコトバなんか覚えるんじゃなかったと、言いたくもなったんだろうな。そしてそんなコトバを放棄したくもなったんだろうな、と思う。

ところで、と、ここであらためて思う。ほとんどの人はそんなコトバを覚えっぱなしでいたんじゃないだろうか。そしてまたいつでも蘇る可能性を持たせていたんじゃないだろうか。覚えっぱなしだった人びとは、どんどん彼岸に逝ってしまったが、そのコトバだけは、亡霊のようにいまも、漂っているんじゃないだろうか。そのコトバをまずは叩き斬るなりして、無力化しなければ、そのコトバとともに無念の死を死んでいった人たちに申し訳が立たないんじゃないだろうか。

（5） この悲惨な、ほとんど戦闘にもならなかった作戦に従事した兵士たちもまた、「軍人勅諭」を諳んじていたのだろうが、さらにこれを徹底すべく一九四一年に陸軍省から発表された「戦陣訓」も当然、叩き込まれていたと考えてよい。そこには「生きて虜囚の辱を受けず、死して罪禍の汚名を残すこと勿れ」という、きわめて具体的で過酷な表現とともに「後顧の憂を絶ちて只管《ひたすら》奉公の道に励み、常に身辺を整へて死後を清くするの嗜を肝要とす。屍を戦野に曝すは固より軍人の覚悟なり。縦《たと》ひ遺骨の還らざることあるも、敢て意とせざる様予《かね》て家人に含め置くべし」とも記されている。死後のことまで指示されていたのだ。実際、このインパール作戦で斃れた兵士たちの多くは「屍を戦野に曝」し、いまだ収容されることなく現地で朽ち果てたままなのだ。

この作戦を描いたとされる映画『日本戦没学生の手記 きけ、わだつみの声』（関川秀雄監督、一九五〇年公開）を、ぼくは小学校の校庭で観たのだが、ただただ怖かったことは覚えている。あまりにも無残なシーンが多く、しばらくは亡霊が周囲に漂っている感覚に襲われるほど、怖かった。

（6） 『軍旗はためく下に』の中公文庫版（一九七三年）のあとがきには次のように記されている——昭和二十七年のいわゆる講和恩赦の際、恩赦事務にたずさわる機会があって厖大な件数にのぼる軍法会議の記録を読み、そのとき初めて知った軍隊の暗い部分が脳裡に焼きついていた——軍法会議が厖大な件数にのぼっていたということは、命令と責任が、いかにグチャグチャな関係の中におかれていたかを示している。この作品の章タイトルを二、三挙げておこう。「敵前逃亡・奔敵」＝奔敵というのは、何らかの理由で自陣を離れ、敵側に回ったとみなされることをいう。「従軍免脱」＝従軍を免れるために仮病を使ったり自傷することをいう。「上官殺害」＝これは陸軍刑法で死刑と定められていた。この上官を倒さなければ自分たちが殺されると判断した事例が、ここでは記されている。ほかの事例もすべて、ドキュメンタリーとして読まれていい作品である。

（7） 奥崎謙三さんは、一九六九年、皇居の一般参賀のとき、昭和天皇に向けてパチンコ玉を発射し逮捕され収監された経歴を持つ。ニューギニア戦線の悲惨な状況の只中にいただけに、究極の命令者でありながら責任をとろうとしない昭和天皇が許せなかったのである。その後、かつて自分が所属していた部隊で、隊長による部下射殺事件があったことを知り、その真相を求めて次々に当時の隊員たちを訪ね、ついに処刑命令を下した上官を突き止め、殺人未遂事件を起こした。その追及プロセスを追い続けた原一男監督が、ドキュメンタリー映画に仕上げたのが『ゆきゆきて、神軍』である。

くわばら・しげお

一九四三年東京生まれ。河出書房新社編集部および思潮社『現代詩手帖』編集長などを経て、一九七六年、企画・編集・執筆を主要業務とする編集スタジオ「カマル社」を興し現在に至る。著書に、『いのち連なる――じんるい学序説』（思潮社）、『月あかり・挽歌』（書肆山田）、『ええしやこしや』（カマル社）、『御田八幡絵巻』（思潮社）、『不思議の国のアリス完全読本』（河出文庫）ほか。現在、個人誌『月あかり』を刊行中。

あとがき

約三千年まえのこと、縄文時代があった。弥生時代へと移行する劃期をへて、日本文学史上に重要な〈作品〉が多量にもたらされた。

それが、本格昔話（「瓜子姫」など）、鳥や動物昔話のたぐいであり、現代へとくぐりぬけて、われわれの手元にいまある。

そう見ることは比較的最近になっての、私のようやく到達できた見渡しであって、ここに考古学および歴史学からの解放を認めて、新たに〈昔話紀〉という文学史の時代を置くこととした。

〈昔話紀〉以前に〈神話紀〉を構想することも視野にある。

その〈昔話紀〉がほかでもなく縄文から弥生への戦争期としてある。文学が戦争をぬきにありえなかったとは、ひとまず悲しい推定ながら、文学——言語そして文化——からの視野で戦争を見ることができないか。

そう思い至ると、本書を書いておこうという考えが湧いてくる。

つづく〈フルコト紀〉は『古事記』に活写される戦争の時代ではないか。『古事記』ほかフルコトの書物は八～九世紀の成立でも、なかみは〈古事（フルコト）〉つまり三～五世紀をおもに伝え、記録する。

戦争から反転するようにして、私に見えてくる〈物語紀〉には、わが『源氏物語』があって、戦争文学の対岸に据えたい。ある点からすると、その〈源氏〉にしても、『平家物語』や『太平記』などの戦争文学の条痕を見定める試金石となる。

十三、四世紀以後の、戦乱から戦国時代以後はもう笑うべき〈ファンタジー紀〉と称してよいか、劇画や大河ドラマの材料を提供していまに〈再生〉されつづける、文字通り歴史のスペクタクルズなのだろう。

二〇一一年三月十一日の、東日本大震災のあとから、カマル社（桑原茂夫方）でほぼ毎月、集まることにした3・11憲法研究会の席上で、出しあった貴重な意見（原爆、沖縄、戦後、原発……）のかずかずが、この書き物での底部を流れる。

日本国憲法を逐条、検討しつつ、とりわけ終戦直後の鈴木安蔵らの憲法研究会での「憲法草案要綱」から注目していった。

本書の題名をどうしようか。「戦争の起源」ではちょっと違うな、強すぎる。これで自分の『湾岸戦争論』、『言葉と戦争』、『水素よ、炉心露出の詩』、そして本書という、戦争三部作または四部作が終わる。世代的責任としてはややしつこく、重かった荷物をこれで下ろす。

ブルガリアでの会議は「不死そして出来事」という総題だった。早く用意されていたその総題が私のなかで3・11のあとを直撃する。

3・11憲法研究会、3・11以後を考えるうたげの会、叙述態研究会（きむすぽ）の友人たち、「水牛のように」の仲間、日本口承文芸学会、物語研究会、古代文学研究会、成城寺小屋教室、そして『東歌篇——異なる声 独吟千句』（反抗社出版）を出してくれた最も古い友人、桑原茂夫に感謝の念を捧げます。

福島県内でお会いした各位、神戸でいつもお会いする詩人たちにも。

ブルガリアへ連れて行ってくれた木村朗子には『震災後文学論』（青土社）、『その後の震災後文学論』（同）がある。だれもが「言葉は無力か」という問いに抗していった。

「新しい文学〈視〉像を求めて」をまとめてくれた松尾省三さんには特別にありがとうを述べたい。「文学〈視〉」は文学史であり、本書をつらぬくモチーフの一環である。

資料篇は多く漢字カタカナなので、新字体の漢字ひらがなに換え、ふりがな、句読点、濁点、ときに送りがな類を付した。読むという基本のためにほどこす処置であって、本書においてのみ通用する。

藤井貞和

二〇一八年八月

著者略歴

藤井貞和　ふじい・さだかず

一九四二年東京生まれ。詩人、日本文学研究者。『地名は地面へ帰れ』（詩作品書、永井出版企画）、『源氏物語の始原と現在』（三一書房、のち岩波現代文庫）、『釋迢空』（国文社、のち講談社学術文庫）以来、〈詩〉〈研究〉〈批評〉を経めぐるスタイルをつづける。『物語文学成立史』（東京大学出版会）、『平安物語叙述論』（同）、『源氏物語論』（岩波書店、角川源義賞）が物語三部作。『大切なものを収める家』（思潮社）、『「静かの海」石、その韻き』（思潮社、晩翠賞）、『ことばのつえ、ことばのつえ』（同、藤村記念歴程賞・高見順賞）と、言葉による実験が列なる。詩集はさらに『神の子犬』（書肆山田、現代詩花椿賞・現代詩人賞）、『人間のシンポジウム』（思潮社）へ広がり、『春楡の木』（思潮社、鮎川信夫賞・芸術選奨文部科学大臣賞）、『美しい小弓を持って』（思潮社）に至る。短歌形式について考える『うた――ゆくりなく夏姿するきみは去り』（書肆山田）、『東歌篇――異なる声　独吟千句』（反抗社出版）もある。岩波講座『日本文学史』は「古代」（三冊）、「口承文学Ⅰ／Ⅱ」、「琉球（沖縄）／アイヌ文学」の編集を担当する。『物語理論講義』（東京大学出版会）はシリーズ「リベラル・アーツ」の一冊。『湾岸戦争論』（河出書房新社）、『言葉と戦争』（大月書店、日本詩人クラブ詩界賞）、『人類の詩』（思潮社）、『水素よ、炉心露出の詩』（大月書店）は時代と拮抗する試み。南島論の集成である『甦る詩学』（まろうど社）で伊波普猷賞。近作に『日本語と時間』（岩波新書）、『文法的詩学』（笠間書院）、『文法的詩学その動態』（同）、『構造主義のかなたへ』（同）、『日本文学源流史』（青土社）、『日本文法体系』（ちくま新書）など。東京学芸大学、東京大学、立正大学の各教授を歴任。コロンビア大学で客員教授を務めた（一九九二～一九九三年）。

「湾岸戦争論」「言葉と戦争」細項

人名索引

■か行

■さ行

■た行

■な行

■は行

■ま行

■や行

■ら行

■わ行

非《ひ》戦《せん》へ　物語《ものがたり》平和《へいわ》論《ろん》

二〇一八年一一月九日　第一刷発行

著　者　藤井貞和

発行者　西　浩孝
発行所　編集室　水平線
〒八五二―八〇五四
長崎県長崎市エミネント葉山町三―四
電話〇九五―八〇七―三九九九

印刷・製本　株式会社　昭和堂

ISBN 978-4-909291-03-5　C0095

来者の群像

大江満雄とハンセン病療養所の詩人たち

◉第二八回高知出版学術賞特別賞受賞

一九五三年、「らい予防法闘争」のさなかに刊行されたハンセン病者の詩のアンソロジー『いのちの芽』。本書をきっかけに始まった詩人・大江満雄（一九〇六―一九九一）と全国のハンセン病療養所に暮らす人びととの交流は、約四〇年に及ぶものだった。

病気が全快する時代になってもなお存続した絶対隔離政策のもとで、ともに詩を書き、学び、対話をつづけた大江満雄とハンセン病者たち。彼らのかかわりは、その時代のなかで、どんな意味をもったのか。私たちがそこから受けとることのできるものは何だろうか。

「生きるとは、年をとることじゃない。いのちを燃やすことや」――本書は、大江によって「来るべき者」と呼ばれた詩人たちが語る、知られざる戦後史、文学史、社会運動史である。

［二〇一七年八月刊］

木村哲也

四六判並製／256ページ
定価［本体1,600円＋税］
ISBN978-4-909291-01-1 C0036

遠い声がする

渋谷直人評論集

編集室 水平線

渋谷直人

四六判並製／232ページ
定価［本体2,000円＋税］
ISBN978-4-909291-02-8 C0095

「黄昏に、物好きにも、落穂拾い。拾えるものとて、少しばかり。なぜか？　そうしないでは落ち着かない。陽は急速に西へと傾き、空を薄く染める。／――あれはどこ、それはどんなふうに、と往事、行き過ぎた場所と、その理由や、様子を尋ねても、いっこうに手がかりは思い出せず、漠然と不安は募るばかり。／収穫がないなら、探索をやめればよいものを、ここ数カ月ばかり、埃り臭い書斎を這い回っては、この落穂拾いを続けてきた。／もともと、死後の勲を、などと思ったわけではない。なぜだろう？」（本書「あとがき」より）

戦後に抱え込んだ自己の崩壊感覚に立脚し、大江満雄、金井直、島尾敏雄らの作品から、時とともに置き去りにされかねない思想をひとつひとつ拾い上げる。実存をかけて読み、思考する著者の文学批評集成。

［二〇一七年九月刊］